# よりそう言葉

五木寛之

毎日新聞出版

# よりそう言葉とともに

　少年のころ、私は孤独だった。手当たり次第に本を読んだのも、そのせいだろう。しかし、〈ローマは一日にして成らず〉とか、〈艱難汝を玉にす〉とかいった金言名句《く》は、ほとんど励みにはならなかった。

　青年期をすぎたころ、ある人の言葉に出会った。その人は言う。

「あなたは独りではない」と。

「独りでいるときは、わたしとふたりだと思えばいい。二人のときは三人だと思いなさい。どこにいても、いつでも、わたしと一緒だと思うこと」

何百年もの時空をへだてて、見知らぬ人と一緒にいられるわけはない。だが、独りでいても、その人の言葉はいつでも、どこでも思い出すことができる。

言葉とは不思議なものだ。どこにいても、いつでも、自由に思い出すことができるのである。

宮澤賢治の詩や、石川啄木の歌は、教科書のなかにあるのではない。私たちの心が折れそうになったとき、私たちの耳もとにきこえてくる言葉である。

大声で叱咤激励《しったげきれい》する言葉ではない。辞書を引かなければ理解できないような難しい古語でもない。それはわたしたちの折れそうな心によりそう囁きであり、それを支えてくれる言葉なのだ。

古い古典の言葉にも、それはある。日々のニュースや会話のなかにもある。

そんな〝よりそう言葉〟を雑然と拾い集めたノートがこの一冊となった。

思わず苦笑する言葉もある。しみじみと共感する言葉もある。これらの言葉とともに、〝きょう一日〟を！

五木寛之

# 目次

# よりそう言葉

# 第一章　かすかな声

# 世の中は十年でガラッと変わる

坂本龍一

## 音楽家のリアルな発言

故・坂本龍一さんと対談したのは、一九八〇年代の終わりの頃だったと思う。

こんど出した対談集『五木寛之　傑作対談集』（平凡社）のなかに、モハメド・アリや、ミック・ジャガーと並んでそれを収録したのは、あらためて古い雑誌を読み返して、坂本龍一という人を思想家として再認識させられたからである。

彼はレオナルド・ダ・ヴィンチに対して、こんな話をしてくれた。
ダ・ヴィンチがミラノで大活躍したのち、生まれ故郷のフィレンツェへもどったとき、ダ・ヴィンチは自分がフィレンツェのリーダーとして歓呼の声で迎えられると思いこんでいた。しかし、十年間、留守にしている間に、フィレンツェの空気が一変してしまっていて、あまりみんなが相手にしてくれなかった。それでがっかりしてフィレンツェを去ったという。

つまりルネッサンスの時代も、人々のアートについての好みが十年で一変したらしいのである。あとから出た若い芸術家の人気に圧倒されたダ・ヴィンチは、失意のままフィレンツェを去るのだが、巨匠といえども時代の変化には逆らえない、という話だった。

それは今でも変わらない。十年どころか、年ごとに変わるのが現在の社会だろう。

流行と古典の関係は、単純ではない。常に流動的なのだ、と、坂本龍一さんが冷静に語っていたのが印象的だった。

# 旅は道連れ　世は情け

ことわざ

## 独りが孤独とは限らない

このところ、また「孤」という言葉が目につくようになった。孤独死の数が過去にないほど増えてきているという。病院や施設に行くのを拒んで、独り暮らしを続ける高齢者が多いせいだろうか。

「孤食」という言い方も、よく耳にする。独りで黙然と食べている人々も少なくないようだ。

物を食べながら喋《しゃべ》ったり笑ったりする動物は人間だけである、という説を聞いたことがあるが、本当かもしれない。ふだんは仲のいい犬や猫たちも、物を食べているときは、わきめもふらずに食べている。楽しげにワンワン、ニャンニャンやりながら食べている姿は、見たことがない。

歓談しつつ物を食べる、ひょっとすると人間の独自性は、それなのではあるまいか。

人は独りでいるときに孤独を感じるのではない。多くの人々のなかにあって、それでいて自分は独り、というのが真の孤独ではあるまいか。

道連れのある旅は、必ずしも楽しいものではないのかもしれない。情けの限界をそこで知ることもあるからだ。

独りでCDを聴く。〈孤聴〉

独りでカラオケへ行く。〈孤唱〉

独りで午後の映画館へ行く。〈孤観〉

本当に孤独な人なら、耐えられないことかもしれないが、〈独り〉は必ずしも〈孤独〉ではないのだと思いたい。

# 衣食足りて礼節を知る

管子《かんし》

## 苦渋の格言

食うや食わずの状態でマナーを強調しても無理だ、とふつう人は思う。衣食足りてこそ、すなわち経済的に恵まれてこそ人は礼節に気をつかうのである。「衣食足りて礼節を知る」という言葉を、私はずっとそんなふうに受け取っていた。

しかし、この言葉の真意は、どうやらそうではないらしい。

世の中には、衣食足らざる場合でも、礼節を守る人が存在する。そのような高潔な士のみならず、もし衣食が十分に足りれば、多くの人々は共に高潔に振る舞うであろう。メデタシ、メデタシ、といった話であると聞いて、一瞬、ナーンダ、と思った。

貧しくとも、礼節を知る人は存在する、という理想論から発せられた格言となれば、なんとなく当たり前の話のように感じられるのだ。

所得の格差、インフレ圧力、その他さまざまな面で国民大衆が心を悩ましている時に、高潔な士君子《しくんし》の存在はたしかに尊い。しかし、「衣食足らずとも礼節を知る人々」の存在が、世の中の範《はん》として、多くの人々を導くほど時代は理想的ではない。

戦後の一時期、「食うことが先」という時代があった。すでに伝説の季節である。しかし、食えずに節を守り、飢えて生を終えた士もいた。

衣食足らずとも礼節を知れ、と、上から命令することはできない。しかし、苦境にあって礼節を知ることは、人々の夢であり理想でもある。この言葉の後味は苦い。

## 君子危うきに近寄らず

ことわざ

### 勇気をもって臆病《おくびょう》に

若い頃、この言葉を臆病すぎると思っていた。「虎穴《こけつ》に入らずんば虎子《こじ》を得ず」というほうが背中を押してくれるように感じていたのだ。

しかし、いまになって思うのは、「危うきに近寄らず」というのは弱気からではない。

いくら用心しても、し過ぎることがないのが世の中である。

人は何か行動にはしる前に、ふと予感のようなものを得るものだ。理由はわからないが、この問題に触れてはいけない、と内心ささやく声がきこえるのである。そのかすかな声を無視して、あえて事を進めると必ずろくなことがないというのが私の体験である。

人には誰も見栄《みえ》というものがある。そこを一歩踏みだすことで、周囲から注目されたり、喝采を受けたりする可能性があると思い、私たちは予感を無視して、思いきって一歩を踏みだすことが多い。

それは、思うに自己の欲求から生じた行動ではなく、他者の思惑を予想した行為であって、ほとんどが災厄をもたらすものだ。

この言葉は、慎重に振る舞えと言っているのではない。危うさを避けよ、と警告しているのである。

やることよりも、やらないことのほうが勇気を必要とする、そんな場面がしばしばあるものだ。

事に当たって慎重に、というのではなく、勇気をもって臆病に、とすすめているのではあるまいか。

# 狼《おおかみ》と暮らせば狼のように吠《ほ》えろ

ことわざ

## 現代の狼の生き方とは

コサックの仲間になったならコサックのように馬を駆れ、という言い伝えもある。要するに郷《ごう》に入らば郷に従え、ということだろう。

しかし、「犬の仲間になったら犬のように尻尾《しっぽ》を振れ」という感じではない。もっと荒々しい野性にみちた格言である。

学生時代に大暴れした若者が、一流企業に入社したとたんに羊のように従順になったりする例がしばしば見られるが、この諺《ことわざ》はそういうことをすすめているわけではない。狼は集団でいても狼である。狼が吠えるのは仲間を呼ぶためだけではなく、自分の縄張りを主張するためでもある。「トゥゲザー・アンド・アローン」の宣言である。

私たちは日々、個と集団の対立のなかに生きている。定年になって会社をやめたとしても、地域に住む以上は世間を無視するわけにはいかない。周囲と協調しつつも、侵すべからざる自己のテリトリーを主張することは、なかなか容易なことではないだろう。しかし、人は死ぬまで集団の中で生きるのだ。小は家族、大は地域との関係。

一匹狼という言葉があるが、一匹だけの狼は迫力というものがない。餓《う》えた狼の集団こそがパワフルなのである。そのグループの中にあって、どのように振る舞うのか。

一流企業とは狼の集団である。狼のように吠えつつも孤独な自己を放棄してはだめだ。現代に生きる狼は、戦略的に生きることが求められているのである。

# 寄らば大樹《たいじゅ》の陰

ことわざ

## 小樹団結の道はないのか

〈同じ庇護《ひご》を求めるのなら勢力のある者の方がよいということ〉といった説明が辞書にはなされている。いまなら就職に国家公務員や一流企業をめざす若者たちの共通した感覚だろう。

ひと頃、ベンチャー企業が人気のあった時代もないわけではなかった。しかし、いつのまにか安定した会社を選ぶ安定路線に回帰しつつあるような気配だ。

昨年の就職関係を論じた新聞記事のなかで、東大生に人気があるのはコンサル業だというのがあって、ほう、と驚いたことがある。

寄らば大樹の〈大樹〉の意味が変わってきたらしい。ただ大きくて安定しているだけでは魅力がないのだろう。肩書や待遇よりも、もっと自由で夢のある世界に身を投じたいという動きがでてきたのだろうか。

わが国が寄るとすれば、大樹は米国か中国しかないという。ロシアは考慮に入れない人が多いのではあるまいか。

といってインドに寄るというのも気が早すぎるだろうから、さてどうするか。自主独立というのは理想である。

しかし、大樹には落雷《らくらい》の不安もないわけではない。

昔から〈泣く子と地頭《じとう》には勝てぬ〉と言われてきた。強い地頭に依存するのをやめて、泣く子に身を寄せるという発想はないものだろうか。泣く子が十人も集まれば、相当な圧力になると思うのだが。

# おとなは、だれも、はじめは子どもだった

サン＝テグジュペリ（内藤 濯《あろう》 訳）

## おとなたちが失ったものとは？

おとな、とは何だろう。ときどき、そんなことを考える。

おとなになるにしたがって、人はさまざまなことを学んでいく。知恵も、知識も増えてくる。

しかし、人の内面には限りがあって、無限に何かを入れ続けるわけにはいかない。身

につけた知識や知恵で一杯になった人間は、少しずつそれを捨てていくことになる。おとなになるということは、そういうことだ。せっかく身につけた大事なものを少しずつ失っていく旅でもあるのかもしれない。

私たちが失ってしまったものは何だろう。それを引き換えに得たものとは？

人はある年齢を過ぎると、子どもに帰るという。老いていくことは、得たものを捨てていくことであると同時に、ふたたびなくしたものをとり返す旅ではないだろうか。

私の友人の一人が言っていたのだが、自宅で飼っている犬が、どうしようもなく獰猛《どうもう》な犬で、新聞配達であろうと、親戚の人だろうと、見境もなくほえる。

そのほえ方が尋常ではない。あの家の前は通るな、と近所の人たちが噂《うわさ》しあうほどだった。

ところが、その見境のない犬が、二つのグループに属する人たちにはほえない。それは老人施設からさまよい出てくるお年寄りと、保育園の子どもたちだという。

両者に共通なものは何か。そして私たちが失ったものは何かを、犬は敏感に知っているのかもしれない。

暖かくして、
よくおやすみください

ある医師の言葉

## 病院通いも悪くない

先日、首から背中にかけて、ブツブツができた。
これまでになかったことなので、思い切って病院にでかけた。
随分《ずいぶん》、待たされたが、文庫本一冊を持参していったので問題はない。
私の背中をチラと見た医師は、即座に、

「ああ、帯状疱疹《たいじょうほうしん》ですね」

と、こともなげに言う。

帯状疱疹といえば、すごく痛いという先入観があったので意外だった。

「念のためお薬だしておきますが、大丈夫でしょう」

「なにか注意することはありますか」

と、私はきいた。もっと医学的な情報が欲しかったのである。

若い医師は、うなずいて言った。

「暖かくして、よくおやすみになることですね」

拍子《ひょうし》抜けしたのは、あまりにも簡単なアドバイスだったからである。

大学病院に私が期待したのは、もっと学術的な助言だった。なんだかあまりにも素朴《そぼく》な言葉のような気がして、ヘエーと思ったのが正直な気持ちである。

しかし、帰ってよく考えてみると、これはいいアドバイスだ、という気がしてきた。

なんでもエビデンスで証明される時代に、「暖かくして、よくやすむ」ことは大事なことだろう。病院も捨てたもんじゃない、と思った。

# 我が心は石にあらず

高橋和巳

## 転がるか転がらないか、それが問題だ

高橋和巳といっても、最近の学生たちはあまり反応しないかもしれない。

しかし、いまになって高橋和巳を読むと、ある時代相が手にとるように浮かびあがってくる。

彼は中国の「我が心は石に匪《あら》ず、転《てん》ず可《べ》からず」という故事を引いて、自分は転がる

石ではない、と宣言した。

断固たる自分の意志を守って、オレは決して転ばないぞ、という意志をこめつつ、その言葉を使ったのだ。転がる石、というたとえには〈転向〉という苦い記憶がひそむ。

しかし、当時、私たちのアイドルは高橋和巳とともに、ボブ・ディランとジョーン・バエズでもあった。

ディランの『ライク・ア・ローリング・ストーン』は衝撃的だった。〈転がる石のようになっても生きていかざるをえない〉という言葉は、「我が心は石にあらず」という宣言を批判しているわけではない。

「人は転がるときもある」

と、いうのが私の感想だった。だが、しかし、「転ぶにも転び方があるだろう」と心の中では考えていた。

転ぶか、転ばないか、の二者択一ではない。入試の問題ではないのだ。どちらが正解かマルをつけよ、と言われたら、私は答案用紙を破って試験場を出るだろう。

私は高橋和巳の解釈とは、また別な考えもあるのではないかと、ひそかに思っているのだ。

# 物《ぶっ》故《こ》する

漢書

## 徹底したリアリズム

「物故する」という言葉を、これまで何度も書いたことがあった。ふと思いついて、〈物故〉の意味を考えてみたが、思いつかない。本来の意味を知らないままに何十年も使ってきたのだ。

「先ごろ物故された某氏は——」

などと平然と書いて、その由来を知らないというのは、恥ずかしい限りだ。昔のように長屋の物知り大家さんでもいれば、早速、聞きにいくところだが、辞書で調べるしかない。

〈死ぬるを言う〉

と、簡単な説明がついている。それは分かっている。別な辞書を探すと、

〈人が死ねば万事休する。即《すなわ》ち事なきに至れる道〉

と、これまた古風な解説。

そろそろ新しい辞書に買いかえなければ。

〈士卒《しそつ》多ク物故ス〉、漢書にそうあるらしいが、いま一つピンとこない。

死とは物と化すことであろうか。

あまりにもドライな表現なので、なんとなく味気ない気もしないではない。中国由来の表現には、徹底したリアリズムが流れているのだ。

今年は数多くの人が世を去られた。毎年同じようなものだろうが、自分が高齢者だと、ひとしお気になるところがある。

人が死ぬ、ということをズバリ〈物と化す〉と断じる思想は、この世界において、きわめて強いリアリズムだ。

感傷的にならないようにしよう。

# こうやって人間は駄目になっていくのではないかと

栗山英樹

## 自力と他力のあいだには

二〇二三年のＷＢＣで監督をつとめた栗山英樹さんと、新しい対談本を出した。『「対話」の力』というのがその本の題名である。

栗山さんと対談をしませんか、と声をかけられたとき、私は一も二もなくＯＫした。一度ぜひお会いして話し合ってみたいと思っていた人物だったからである。

この対談のなかで、栗山さんはこんなことを言われている。

〈これまで野球をやっていて、いつも、よいという評価と悪いという評価が半分ずつありました。ところが今回WBCから帰ってきて、お会いするほとんどのみなさんに「よく頑張ったね」と褒めていただくと、どんどん人間が駄目になっていくような感覚があるんです。こうやって人間は駄目になっていくのではないかと〉

こういう発言をする野球監督は、これまでいなかったのではないだろうか。

それに続いて、「他力」という言葉を栗山さんは口にした。

その言葉を思うと、すごく気持ちが楽になるというのである。

栗山さんは『栗山ノート』という本のなかで、さまざまな古典から引いた名言を挙げて感想を述べている。

しかし、どの名言よりも、「褒められている間に人間が駄目になっていく」という感覚を実感するアンテナは凄《すご》い。

いい対談ができたと思う。

## 意《い》馬《ば》心《しん》猿《えん》　仏教語

### どうもよくわからない

私はこの言葉を、長くカン違いしていたらしい。

仏教語と聞いていたが、なんとなく怪しげなイメージを抱いていたのだ。

表面的には良馬のごとく優しげで、その実、内面に欲望をたたえた助平親父《すけべえおやじ》を連想していたのである。

しかし、『参同契《さんどうかい》』によると、

〈意馬四馳《しし》すれば、則《すなわ》ち神気外に散乱す〉とあるそうだ。

どうやら馬が善玉で、猿が悪玉ということでもないらしいのである。

言葉も、表情も優しげで紳士的なのだが、その実、内心には情欲をたたえたエロ親父、と考えた場合、馬が善玉、猿が悪玉ということになる。

馬は従順で優しく、心根も良い。ところが猿は——と、勝手に解釈していたのだ。

しかし、考えてみると、馬のペニスは驚くほど太く、たくましい。

柳田國男の文章にも感じられるのだが、馬は精力絶倫のイメージがある。猿を勝手にヒヒ親父のように決めこんでいたのは、どうやらまちがいだったのだろうか。

私たちは、ほとんどの男性が〈意馬心猿〉の傾向がある。

〈おそるべき君等の乳房夏来る〉（西東三鬼）

の句を読んで、同感しない男性はいないだろう。私たちは、すべて意馬心猿のヤカラである、と自覚したい。

# 王法《おうぼう》不思議、仏法と対坐《たいざ》す

大灯国師《だいとうこくし》

## 世俗と宗教を考える

鈴木大拙《だいせつ》師の『仏教の大意 The Essence of Buddhism』を角川ソフィア文庫版で読んだ。予想どおり私には難しく、ほとんど理解できなかった。高い山に登るためには、それ相当の勉強と準備が必要なのだろう。そのなかで、私にもわかる興味ぶかいエピソードが紹介されていた。

仏教を大切にした花園天皇が、あるとき京都・大徳寺の大灯国師を召されて、仏教について話を聞こうとなされた。宮廷の常識からすれば、国師は道服を着て、坐席《ざせき》をへだてて天皇にお話をするべきである。

しかし、国師はそれを受け入れず、ただ袈裟《けさ》を着て天皇と対坐することを強く求めた。天皇はそれを許されたので、その形式で対面はおこなわれた。その席上、天皇はこう言われた。

「仏法不思議、王法と対坐す」

大灯国師は直《ただ》ちにこれに応じて、

「王法不思議、仏法と対坐す」

宗教というものは、世間の常識を超えたものでなければならない。大拙師はそれを「無《む》分別平等智《ふんべつびょうどうち》」と語られているが、それとは別に宗教者の心意気というものを見るような気がしたのである。

宗教と政治の関係がいまもなお論議され続けているが、このエピソードを読んで、なにが今の宗教に欠けているかがわかったような気がした。

花はさかりに、月はくまなきをのみ
見るものかは

吉田兼好『徒然草《つれづれぐさ》』

## 兼好さん、さかりを見るべし

あまりに有名な文句であるだけに、人はこの言葉を気軽にパスしがちである。兼好さんの言わんとするところはわかるが、それではこの浮世《うきよ》がつまらなくなってしまうのではあるまいか。

大谷翔平選手は、いまがまっさかりである。もちろん今後も五年や十年、最高殊勲選手の座を守ることは可能だろうが、いつかはトップの座を後からくる天才にゆずらなければならない。

苦労してヒットを打ち、ラッキーなホームランを喜ぶ時期は必ずくるのだ。

その姿をしみじみと愛《め》でるのが玄人《くろうと》の境地であるとしても、それは天才児の真の姿を見ているわけではないだろう。

いま、このときに爛漫《らんまん》と咲きほこる花のさかりに出会うことは、見者《けんじゃ》の幸運である。

それが一瞬の光芒《こうぼう》であったとしてもだ。さかりの花、くまなき月の姿に出会うことは、まれな幸運であると思う。

一瞬の〝時分《じぶん》の花〟こそ、永遠に記憶にきざまれて消えない。

いま、このとき、全開の才能に対しては全力で拍手すべきである。躊躇《ちゅうちょ》することなく拍手し、共振するべきだ。

散りゆく花、欠けゆく月を愛でる趣味の持ち主は、次の捜し物を待てばよい。

全力疾走する選手に、全力で拍手し声援をおくる。両者が共振するなかで、さらに最高のドラマが生まれるのだ。

## 鹿を指して馬と為《な》す

史記

### 馬鹿《ばか》も利口《りこう》も考え方次第

馬鹿という言葉は、子供の頃からよく使っていた表現である。最近ではもっぱら「バカ」と書くことが多いようだ。

「あいつはバカだ」とか、「バカだか利口だかわからない」とか、ふだんの会話の中にもっとも多く登場する言葉ではあるまいか。

しかし、なぜバカを〈馬鹿〉と書くのかは知らなかった。知らないというより、その由来に関心がなかったのだ。

中国の書にいわく。

「秦《しん》の趙高《ちょうこう》、鹿を二世に献じて馬なり、と。二世曰《いわ》く、丞相（＝趙高）誤てるか、鹿を謂《い》ひて馬と為すと、左右に問ふ、或《あるい》は黙し、或は馬と云ひ或は鹿と云ふ、高（＝趙高）因《よ》て陰《ひそか》に鹿と答へし者に刑を加へたり」

一読してもなんだかよくわからない。深読みすると、なおわからなくなる。

もし、胸にいちもつある人間なら、黙して答えないだろう。単なるオベッカ使いなら、馬でございます、と言うかもしれない。正直に見たままを「これは鹿でございます。馬ではありません」と意見をのべる者は、いわゆる馬鹿正直というタイプだ。しかし、問題は「はい、これは馬であります」と適当なことを言った者たちのほうである。

中国の古典にくわしい学者のかたなら、どう解読なさるだろうか。猛暑の一日、ずっと考えてみたが、どうもよくわからなかった。

本当の馬鹿とは、誰を指すのか。

寂しい？　当り前のことだ。
人生は寂しいものと決っている

佐藤愛子

## 安らかな老後とは何か

『気がつけば、終着駅』（中央公論新社）のなかにでてくる佐藤愛子さんの言葉だ。佐藤さんが八十五歳のときに書かれた文章の結びのフレーズである。

現在（二〇二四年）、佐藤愛子さん、一〇一歳。

年を重ねるごとに明るく、美しくなっていく人もいるのだな、と、先日、お会いして感嘆した。

よく世間で言われる「老後」とは何か。加齢とともに衰えていく肉体と精神をしっかりと見定め、おだやかに受け止める時期だ、と佐藤さんは言われる。

無理な抵抗はしない方がいい。可能性が満ちて広がる未来はもうないのだ。死に向かう一筋の道が通っているだけで、その道もそう長くはない。長くはない道をどう歩むか。

〈(前略)死と向き合って生きる者にとって必要なことは、欲望をなくし、孤独に耐える力を養うことだという考えに私は辿りついた。(後略)〉

欲望が涸《か》れていくということは、らくになることなのだ、と佐藤さんは書く。恨みつらみも嫉妬も心配も見栄も負けん気も、もろもろの情念が次第に涸れていく。それが「安らかな老後」というものだと思っている、と。

「けれど、それではあんまり寂しすぎるわ」

という人に対して、佐藤さんが呟《つぶや》くのが冒頭の言葉だ。にこやかに深々と。

〈人生は寂しいものと決っている〉

その呟きに、ほっと心が和むのはなぜだろう。

# コーヒー店でも洒落《しゃれ》た店がいくつもあるので本を読むのにもいい

植草甚一

## 文章を聴きながら

なにか音を聴きたくなったが、仕事場にはレコードも再生装置もない。音を聴くかわりに音のきこえる文章を読むことにした。

『ジャズは海をわたる』（植草甚一スクラップ・ブック26／晶文社）の中に右記のような文章があった。

植草さんが、外苑前から渋谷のほうへブラブラ歩いている時の感想である。コーヒー店とは、コーヒーを楽しむ店じゃないのか、と思う読者もいるだろうが、私には植草さんの気持ちがよくわかる。私にとっても、若い頃から九十歳をオーバーした現在まで、コーヒー店は本を読む場所なのだ。

静かな店の奥の端っこの席で文庫本を読むのもよし、また混み合った店内で周囲のお喋《しゃべ》りをBGMに、買ったばかりの本のページをめくるもよし、とにかく活字がいちばん頭に素直にはいってくるのはコーヒー店である。

いちど植草さんのお宅にうかがった時も、その話になり、私なりの本の読めるコーヒー屋を何店か紹介したのだが、植草さんはすぐにメモを取って、「こんど行ってみよう」と重大な問題でもあるかのようにうなずいて言った。

私の机の上に、植草さんから頂いたお手製のペン立てがある。いろんな写真や活字を切り貼りした紙製のペン立てだが、大きな文字で「原稿までですか！」と書いてあって、なんだか叱られたような気がするのだ。音楽を聴くかわりに植草さんの文章を読んで一日が終わった。

# ヒリヒリするような九月をすごしたい

大谷翔平

## 思った通りになる人

ヒリヒリするような九月をすごしたい、とは、ドジャースに移籍する前に大谷選手がもらした言葉だった。

まさに今、大谷選手は願った通りの〈ヒリヒリする季節〉のただなかにいる。

50―50の壁を軽々とパスして、未曽有《みぞう》の世界につきすすむ彼を、私たちはただ口を開けてポカンとみつめるだけだ。

思ったことがぜんぶ実現するような存在というものが、実際にあるとは誰もが考えなかったにちがいない。

荒木又右衛門の三十六人斬りとか、古来、超人伝説というものはさまざまに語り継がれてきた。私たちはそれらのヒーローたちを、物語の世界の超人のように思っていたが、ひょっとして大谷翔平が戦国時代に生まれていたら、スーパー級の豪傑として語り継がれていたことだろう。

アメリカは人種の坩堝《るつぼ》であるが、それでもなお偏見はある。そのアンコンシャス・バイアス（無意識の偏見）をこえて、ショーヘイ・オータニがヒーローとして大々的に扱われるのは、その背景に国民的競技としての野球界の危機感が反映しているのではないか。

いわばショーヘイは野球界の救世主なのだ。

日本人が斜陽のメジャーリーグを救うというのは、ほろ苦い歓びであるし、複雑な感慨もおぼえずにはいられない。

とりあえず私たちもヒリヒリした九月を十分にエンジョイさせてもらった。

## ○《まる》だけでも書いて送れ　父

### 万死に価《あたい》する自分のこと

私は病的なほど、手紙の返事を書くことが苦手だ。

そのためにどれほど大きな不義理をくり返してきたことだろう。頂きもののお礼にしてもそうである。

また、家族に対してもそうだった。なんとか葉書《はがき》を書こうと机の上に万年筆や便箋《びんせん》をそろえて置いても、どうしても書けなかった。たぶん、一種の精神的な病気ではないかと思う。文壇の大先輩から懇切《こんせつ》なお便りを頂きながら、明日は書こう、きょうは書こうと思いつつ、結局、書かなかったことが何度もある。

そのために、ずいぶん人の心を傷つけたことだろうと、夜、眠れないこともしばしばだった。

学生の頃、すべて自立してやっていくから上京させてくれ、と父親に頼みこんで上京した。

宣言した以上、飢えても泣き言は言わないつもりだった。

父は当時、体をこわして療養所に入院中だった。しかし、一度だけ、恥をしのんで電話で金策を頼んだことがある。父はちゃんと必要な金額を送ってくれた。あとで聞いたら、自分の恩給証書を質入れして作った金だったらしい。

それに対しても、私は返事を書かなかった。しばらくして、父親からの葉書がきて、「金が着いたら、◯という絵でもいいから返事をくれ」と、書いてあった。

自分のことを万死に価する、と、ときどき思うことがある。

# 神のみぞ知る

慣用句

## 生成AIへの質問

チャットGPT（生成AI）をめぐる議論が喧《かまびす》しい。

その存在を人類への脅威《きょうい》と受けとる論調と、しょせんは道具にすぎないという楽観論が交錯《こうさく》して、私などはただ呆然《ぼうぜん》と立ちすくむばかりである。

その間にもすでにさまざまな分野で、それを使いこなしている普通の人々がいる。年賀状から市議会議員の挨拶《あいさつ》まで、また学生のレポートから専門家の論文まで、生成ＡＩはすでに実用の具として駆使《くし》されているのだ。

いずれはケータイと同じように、一般にも普及することになるのかもしれない。

しかし、このチャットＧＰＴの出現に、人類の危機を予感する人々もいる。地上の支配者として振る舞ってきた私たち人類が、道具に支配される事態が迫っていると主張する思想家たちである。

〈ＡＩモデルが危険な形で進化をとげ、他者をコントロールする志向性をもつ〉可能性を語る人々の言葉には、何かしら気になる真実味が感じられるのだ。

生成ＡＩは、単に便利な道具ではない。どうやら最近のＡＩは、知識や判断に能力を発揮するだけではなさそうだ。

いわゆる人間的感情、たとえばジョークとか、反論とか、はてはある種の文芸的寂寥《せきりよう》感をも創出してみせる怪物かもしれない。

詩情や宗教的共感さえ創出してみせることが可能だとすれば、その先に何があるのだろう。

# 持続は創造である

高《たか》野《の》悦《えっ》子《こ》

## 「Keep on」のひと言

岩波ホールは一九六八年にオープンし、七四年から名画座としてミニシアターの先駆けとなった劇場である。

総支配人であった高野悦子さんが、かつて語った言葉であると聞いた。

ホールが閉館になったときに、二〇〇席ほどのミニシアターが失われたことを惜しむ声が、さまざまな分野で聞かれたものだった。

一九五三年にＪＡＴＰ（Jazz At The Philharmonic）が来日したことがきっかけとなって、さまざまなジャズバンドが日本を訪れたことがある。

ジーン・クルーパがやってきたときの反響はすごかった。

そのとき日本人のジャズメンの一人が、楽屋に突撃潜入して、ジーン・クルーパに質問したという。

「日本人が本物のジャズをやれるかどうかで悩んでいます。ひと言、アドバイスをいただけませんか」

よほど思いつめていたのだろう。

その彼に対してジーン・クルーパは、ひと言だけ、こう答えたという。

「Keep on」

とにかく続けてやることだ、という感じだろうか。

私はその話を聞いて、それが自分に対するアドバイスのような気がした。

「Keep on」

高野さんの言葉もそのことをおっしゃっているのだろう。

# 偏《へん》・冠《かんむり》・旁《つくり》・脚《あし》の称《とな》へ方《かた》

『や、此《これ》は便利だ』

## 世の中知らないことばかり

九十の壁を、とっくに越えたが、世の中、知らないことばかり、と痛感する毎日だ。物を書くことを職業としながら、字を知らないというのは、理屈に合わない。しかし、それが本当なのだから呆《あき》れてしまう。

私は子供の頃から本のある家庭で育ったので、本はたくさん読んできたつもりだった。

それにもかかわらず、今でも読めない字、書けない字が山ほどあるのだから困ってしまう。

大正時代に発行された『ポケット顧問：や、此は便利だ』という実用手帖がある。平凡社から出て、大正四年には二十四版を重ねているから、当時の大ベストセラーといっていい。

その中に「偏・冠・旁・脚の稱へ方」という一章があって、一読、がっかりした。自分がいかに文字について知らないかを実感したのだ。「亻」がニンベンということぐらいは知っている。「亻」がギョウニンベンというのもわかる。「言」はゴンベン。

「女」はオンナヘンだ。「ネ」はコロモヘン。

それくらいは知っているが、「月」がニクヅキというのは忘れていた。

「頁」はオオガイ、「酉」がコヨミノトリとくると、もうお手上げだ。「魚」がウヲヘンとあって首をかしげたが、これは「ヲ」を忘れていたからだ。「ヲ」を懐かしむのは昭和世代の後遺症である。それにしても、漢字はむずかしい、と、ため息が出た。

# 失望しても絶望するな

香港市民デモのスローガン

## 人生は失敗の繰り返しだ

私が学生のころ、といえば一九五〇年代前半である。当時、クラスの友人であったK君から、こんな言葉を教わった。

〈絶望の虚妄《きよもう》なること希望に同じい〉

同じでも、等しいでもなく「同じい」という独特の言葉遣いに重みがあった。確か魯迅《ろじん》の発言だと聞いていたが、確かではない。

長引く行動は、必ず壁にぶつかるものだ。無力感が絶望となり、やがて散り散りばらばらになっていく。

しかし、失意のうちに退いても、投げ出してはいけない、とこの言葉は教えている。人生に失望はつきものだ。世の中は十中八、九までは挫折するものと私は思ってきた。思うままにならないことを、不条理という。仏教でいう「苦」というのは、苦しいという意味ではあるまい。壁にぶつかってはね返されたとき、ガッカリするのはいいが、諦めてはいけない。「うまくいかなかっただけだ」と考える。自分を責めることもない。

どんな状況に陥っても、絶望することはないのだ。ほら、ちゃんと生きて息をしてるじゃないか、と心の中でつぶやく。この道が行き止まりなら、別な道を探すまでだ。親鸞の言う『横超《おうちょう》』とは、一足跳びに、ということらしい。しかし私はちがった受け取り方をしている。まっすぐ越えられない壁は横へ廻《まわ》ってみる方法もあるんじゃないか、と。

# 第二章　夕陽もまた燃えている

# クリスタル・ゲージング　流行語

## これは有り難い

大正時代の流行語の一つらしい。

平凡社から大正時代に刊行されたポケット小辞典に出てくる往時の新語である。いまの流行語、インフルエンサーとかポリコレといった類《たぐ》いの言葉だろう。「水晶凝視《すゐしやうげうし》」と訳が出ているが、現代にも通用しそうな言葉である。

〈物をおきわすれた時など、茶碗に水を入れて、それを見つめておると、その茶碗の水の中に、おき忘れて居る場所が浮んで見える〉

というのである。

これはありがたい。私など、眼鏡や腕時計など、しょっちゅう行方が知れなくなって、必死で探すのに半日かかったりすることがしばしばなのだ。茶碗に水を入れて、じっと見つめる。コップでは駄目なのであろうか。

茶碗はどんな形のものがいいのだろう。九谷焼の茶碗のほうが、効き目があるのかもしれないと、戸棚から客用の茶碗を出して水を注ぐ。ペットボトルの水では、ちょっと味気ないが、水道水とて同じようなものだ。

とりあえず水を満たした茶碗の中心をじっと見つめる。

五分もすると疲れてきて視線が定まらない。目をこすってひょいと視線をそらすと、戸棚の上にある眼鏡が見えた。

ご利益あり！

昔から神秘的なものに惹《ひ》きつけられる気持ちは、大正時代も令和も関係ないようだ。

真人《しんじん》の息は是《これ》を息するに踵《くびす》を以《もっ》てし、
衆人《しゅうじん》の息は是を息するに喉《のんど》を以てす

荘子《そうし》

### 下半身を重視する思想

これは白穏《はくいん》禅師が『夜船閑話《やせんかんな》』のなかで引いている荘子の言葉である。

私たちは息をするときに、喉で呼吸するような感覚で行っている。しかし、気持ちを丹田《たんでん》に集中すれば、自然と腹式呼吸になり、あたかも足のかかとから息がでるような感じになるというのだ。伊豆山格堂《いずやまかくどう》著『白隠禅師　夜船閑話』のなかで紹介されている文章から引いた。

人間の体も、社会のあり方も、下部構造を無視しては空論に終わる。

呼吸ひとつとってみても、上半身で息をするという感覚から私たちは逃れることができない。

要するに口先で呼吸しているのだ。生理学的にはそうだとしても、実際には人は下半身で呼吸していると考える。

考えることは、すなわち生理を転換させることとである。

私が思うに、腹式呼吸というのも一つの思考の形式ではないだろうか。ただ物理的に下腹部をふくらませたり、圧迫したりするだけでは呼吸をしたことにはならない。

私は子供の頃から呼吸法に関心をもっているヘンな子供だった。父親が当時、流行していた呼吸法を実践していたので、そのまねをして面白がっていたのだ。

いまでも時折、静座して深呼吸を試みたりする。

足のかかとから息を吐く感覚は、残念ながらまだ会得《えとく》していないけれど。

# 嫌いな奴《やつ》とはやらないことだね

吉行淳之介

## 名人に聴く、対談の極意

夜、眠れぬままに、これまで対談をした人の名前を数えたら、五百人あたりまできて眠くなった。

新聞、雑誌だけでなく、ラジオやテレビの対談もある。週刊誌の連載対談のホストも何度かやったので、正確な数は確認できない。

私にとって〈対談〉とは、作家の余技ではなかった。ナマの言葉で語り合う、そのことは文章以上にスリルにみちた体験なのだ。

作家となって最初の対談のお相手が吉行淳之介さんだった。吉行さんは世に知られた対談の名手である。しかも構成者として同席していたのが直木賞受賞前の長部日出雄《おさべひでお》さんだった。緊張しないわけがない。

なんとか話を終えて、ほっと一息ついたとき、吉行さんにたずねてみた。

「対談の極意というと何ですか」

吉行さんは、少し考えてから笑いながら言った。

「そうだなあ。しいて言えば、嫌いな奴とはやらんこと、かな」

ジャーナリズムの世界で、対談の相手を自分で選ぶ場合は少ない。ほとんどがおまかせである。しかし、これまで半世紀以上の対談の相手で、私は一度も嫌いな人とは出会わなかった。私はもともと人間が好きなのだ。

鉄をもひしぐ強固な歯は抜け落ちても、舌は残る。

ボケたらボケ同士で対談したら面白いかもしれない。今後が楽しみだ。

あれをご覧よ　真っ赤な夕陽
落ちてゆくのに　まだ燃えている

久仁《くに》京介作詞
「南部蝉しぐれ」

## 身につまされる歌の一節

民謡系の歌手、福田こうへいのうたう『南部蝉しぐれ』の歌詞の一節である。
私たち昭和世代は、〽赤い夕陽の満州で、という歌詞を記憶の端に引きずっている。
私も父と共に旧満州を旅行したとき、地平線のかなたに沈んでいく巨大な夕陽を見た。
それは文字通り盥《たらい》のような真っ赤な夕陽だった。

落日《らくじつ》、という言葉は、どこかしら末期のイメージがあるが、昇る朝日の爽やかさよりも、沈む夕陽の決定的な壮大さのほうに、はるかに心を揺さぶるものがあるようだ。

日は昇り、日は沈む。

しかし、夕陽はエネルギーを失った太陽の末期の姿ではない。その自信にみちた退場の光景には、どこか人を感動させるエネルギーがあるのではないか。

一国の盛衰《せいすい》も、人の一生も、さまざまだ。しかし、堂々たる落日には、私たちを感動させる何かがひそんでいる。

人も世に生まれ、やがて地平のかなたに去っていく。しかし、夕陽の放つ光芒《こうぼう》は、この世界に対する執着ではない。なすべきことをなしとげた者の、自信にみちた挨拶である。

〈落ちてゆくのにまだ燃えている〉

東洋では、枯れるように世を去っていくのを善《よ》しとする美学があった。しかし、晩年にいたって、なお真っ赤に燃える姿にも感動せずにはいられない。

夕陽もまた、燃えているのだ。

# 戦い続ければ乗り越えられる

タイガー・ウッズ

## タイガーに託《たく》したアメリカの夢

二〇一九年のオーガスタは感動的だった。ゴルフに興味のない人や反撥《はんぱつ》するかたがたも、タイガーの背中にひそかな声援を送っていたにちがいない。

復活の舞台がまたドラマチックだった。マスターズ・トーナメントで彼が優勝することを予想した人が、はたしてどれだけいただろう。アメリカ人の興奮度が、メーターを振り切りそうになったのもよくわかる。

トランプ大統領は早速、米政府が市民にあたえる最高の勲章を贈るとツイートしたという。そんなものは余計なお世話だ。オーガスタをゆるがしたタイガー・コールだけで十分だろう。

あらためて思うのは、アメリカ人がカムバックした者に特別の感情を抱くことである。再起する、再出発する、再挑戦する者に無類の声援を送る気風は、いかにもアメリカ的だ。

なんとかタイガーに勝ってほしい、という集団的一念《いちねん》が、ライバルの池ポチャを呼んだともいえる。

タイガーの言うように、戦い続ければ必ず勝利するというわけにはいかない。なにしろ勝者は一人、敗者は無数にいるのだから。しかし、戦いに参加して、戦い続けなければ勝つ機会はゼロだ。信じることに保証はない。だが、信じなければ結果はない。

戦い続けることは至難のわざである。アメリカ復活の夢は、はたして成るのだろうか。

## 小説による夢は、われわれに対して別の人生を提供してくれる

丸谷才一《まるやさいいち》

### 後に残る言葉として

これは一九七六年の〈四畳半襖《ふすま》の下張《したばり》裁判〉における特別弁護人、丸谷才一の弁論要旨のなかで述べた言葉である。

「人間がただ一回だけの人生しか生きることができないといふ条件は、たいていの人にとつて、痛恨事ないし癪《しやく》の種として感じられてゐるはずですが、（中略）小説は、書く者

郵便はがき

おそれいりますが
切手を
お貼りください。

102-8790

東京都千代田区
九段南1-6-17
毎日新聞出版
営業本部 営業部行

ご記入日：西暦　　年　　月　　日

| | | |
|---|---|---|
| フリガナ | | 男 性・女 性<br>その他・回答しない |
| 氏　　名 | | 歳 |
| 住　　所 | 〒　　-<br><br>TEL　　(　　) | |
| メールアドレス | | |

ご希望の方はチェックを入れてください

毎日新聞出版からのお知らせ ………… ☐

毎日新聞社からのお知らせ(毎日情報メール) … ☐

毎日新聞出版の新刊や書籍に関する情報、イベントなどのご案内ほか、毎日新聞社のシンポジウム・セミナーなどのイベント情報、商品券・招待券、お得なプレゼント情報やサービスをご案内いたします。

ご記入いただいた個人情報は、(1)商品・サービスの改良、利便性向上など、業務の遂行及び業務に関するご案内(2)書籍をはじめとした商品・サービスの配送・提供、(3)商品・サービスのご案内という利用目的の範囲内で使わせていただきます。以上にご同意の上、ご送付ください。個人情報取り扱いについて、詳しくは毎日新聞出版及び毎日新聞社の公式サイトをご確認ください。

**本アンケート(ご意見・ご感想やメルマガのご希望など)はインターネットからも受け付けております。右記二次元コードからアクセスください。**
**※毎日新聞出版公式サイト(URL)からもアクセスいただけます。**

この度はご購読ありがとうございます。アンケートにご協力お願いします。

本のタイトル

●本書を何でお知りになりましたか？（○をお付けください。複数回答可）

1.書店店頭　2.ネット書店
3.広告を見て（新聞／雑誌名　）
4.書評を見て（新聞／雑誌名　）
5.人にすすめられて
6.テレビ／ラジオで（番組名　）
7.その他（　）

●購入のきっかけは何ですか？（○をお付けください。複数回答可）

1.著者のファンだから　2.新聞連載を読んで面白かったから
3.人にすすめられたから　4.タイトル・表紙が気に入ったから
5.テーマ・内容に興味があったから　6.店頭で目に留まったから
7.SNSやクチコミを見て　8.電子書籍で購入できたから
9.その他（　）

●本書を読んでのご感想やご意見をお聞かせください。

※パソコンやスマートフォンなどからでもご感想・ご意見を募集しております。
詳しくは、本ハガキのオモテ面をご覧ください。

●上記のご感想・ご意見を本書のPRに使用してもよろしいですか？

1. 可　2. 匿名で可　3. 不可

にも、読む者にも、いま生きてゐるのとは違ふ人生をさまざまに生きさせてくれる」

特別弁護人としての発言が、文学の根本概念を論ずることになり、文学者丸谷才一が文学論の基盤について発露するのは当然だろう。

しかし、ここで丸谷才一が述べていることは、文学という仕事の根本に触れる考え方である。

もっとも素朴に、もっとも正確にそれを語ることが、弁護人としての正しい仕事でもあったのだ。

個々の描写や文章の可否について、それが文学であることを述べることは難しいことではない。しかし丸谷才一は、あえて文学の根本原理を正面に押し出すことで被告人を弁護しようとした。

その姿勢は法廷の駆け引きや、弁護の技術よりも、彼にとってははるかに大事なことだったにちがいない。

文学者が文学者を弁護するということは、至難のわざである。この裁判は、その意味で忘れることのできない言葉を残した。

# 私はボクシングと出会って人生が三百八十度変わった

ガッツ石松

## 意図せざる名言として

どこかの新聞で、

「それじゃ二十度しか変わってないじゃないか」

と好意的に揶揄《やゆ》していたが、二十度でも変われば大したものである。

しかもいっぺん回った上での二十度の進歩だ。

最初から二十度しか変わらないのと、ひと回りしてからさらに二十度前進するのとでは全然ちがう。

ガッツ石松氏は「言い間違えた」のではなく、正直におのれの実感を語ったのではあるまいか。

何十年も生きてきた人間が、五度でも十度でも視野を広げるというのは、大変なことであると思うのだ。

年をとると、上まぶたがさがってきて、上方視界がいちじるしく狭くなる。私が六十五歳で車の運転をやめたのは、そのためだ。上下だけではない。左右の視界も驚くほど狭窄《きようさく》する。

視野が二十度ひろがれば、私は今でも車のハンドルを握っていただろう。

すぐれたアスリートの実体験にもとづく言葉には、ハッとさせられるようなリアリティーがある。

ガッツ氏の発言には、アンコンシャスな願望がひそんでいる。間違いは真実への希求から生ずるものだからだ。

私も、せめて十度でも視野を広げたいと、今でも思っているのだが。

# 大衆は歌のなかの不幸にもっともよく感光する

平岡正明

## 「時分の花」は錆《さ》びない

『平岡正明著作集』（月曜社／上下）という本が出た。

枕になりそうな分厚い本だが、読み出すと枕どころではない。不眠徹夜、うけあいの不健康本である。

私は下巻から読んだ。〈大衆文化と革命／歌謡曲、ジャズ、新内《しんない》、落語……大衆文化の過激な底力〉と、ややこしいコピーがついているが気にすることはない。神田伯山《かんだはくざん》ばりの活気あふれる評論講談だ。頭で読まずに、声に出して、早口で読んでごらんなさい。某製薬のクスリなど飲まずとも全身状態が活性化する。

彼は語る。

〈下層志向とは、貧しい人々の群れに降りたつということを直接には意味せず、自分の中の不幸に下りてゆくということだ〉

これは古賀（政男）メロディーについての評説のなかの一節であるが、戦後のブルース艶歌《えんか》の時代についても独特の論を展開して余すところがない。なかで紹介されている三波春夫の芸大での特別講義は、胸ヤケに効く。

このエピソードは、小泉文夫さんから私も直接きいた。歌謡浪曲のサワリ以上に痛快なシーンで、何度読んでも血が騒ぐ。

ワセダの露文出身の彼は、破天荒《はてんこう》な暴れん坊に見えたが、個人的にはシャイで繊細な万年青年だった。いま、あらためて彼の文章を読み返して、彼は一種のバケモノ（天才？）だったのかもしれないと、あらためて思う。

# これは人間の尊厳にかかわる問題だ

ローレン・バコール

## 偏愛から尊敬へ

私はローレン・バコールという女優さんを尊敬している。

そうなったのは、来日した彼女に婦人雑誌でインタヴューを試みたのがきっかけだった。

それまで私はローレン・バコールの大ファンだった。いわゆる悪女っぽい役を演じる彼女の、たぐいまれな存在感を偏愛していたと言ってもいい。しかし、通訳を介して彼女の話を聞いてから、私は一人の人間としての彼女を深く尊敬するようになった。民主主義というか、個人の人権というものを大事に守ろうとする情熱に感動したためである。

私が少し前に出した『一期一会の人びと』（中央公論新社）の中で、ミック・ジャガーやモハメド・アリとともに彼女を取りあげたのはそのためである。

第二次世界大戦の終わったのち、アメリカには「マッカーシズム」の嵐が吹きあれた時期があった。いわゆる「赤狩り」である。非米活動委員会の猛烈な活動に米国じゅうが震えあがったのだ。ハリウッドにも危険分子のブラックリストが作られ、多くの映画人が追放された。

それに対して、ハンフリー・ボガートと彼女は抗議のためにワシントンへ出かけた。非米活動委員会の攻撃はフェアではない、と感じたからである。当然、それは政治的スキャンダルとなった。だが、彼女は屈しなかった。〈人間としての権利を守る〉ためにそういった行動に出たのである。私はそこを一人の人間として深く尊敬するのだ。

# 伏字《ふせじ》がある小説は、プロレタリア作家と大衆作家の両方に多い

中井英夫

## 伏字の内面化ということ

中井英夫さんは、感性の化けもののような作家だった。

塔晶夫《とうあきお》の筆名で書いたアンチ・ミステリー『虚無への供物』は、当時、バイブルのように読まれたものである。『悪夢の骨牌《かるた》』で、泉鏡花文学賞を受けた。

中井さんと対談をしたときに、伏字の話がでて、谷譲次《たにじようじ》の作品には伏字が多い、と中

井さんは言う。

伏字といっても、今ではピンとこないと思うが、要するに政府にとって都合の悪い表現を空白にしてしまうことである。

戦時中は、作家も自由にモノを書くことが許されなかったのだ。

中井さんは、当時の文壇の主流の作家たちの作品には、ほとんど伏字がない、とも指摘されていた。

私たちはいま、ほとんど制限のない時代に生きている。当局から検閲を受けることもない。伏字など、言葉さえ知らない書き手もいるだろう。

では、私たちは現在、本当に自由に表現活動をおこなっているのだろうか。

私は目に見えない伏字が、今もあるような気がしてならない。それは書き手が自己の内面でほどこす伏字で、権力から強制されるものではないが、どこかに確かに存在するような気がしてならないのだ。

表現の自由、ということが内面化してきた時代というのも、また困難な時代なのである。

# 人生いろいろ

中山大三郎『人生いろいろ』より

## どこかに滲《にじ》む諦念《ていねん》

島倉千代子という歌い手は、和服姿からイメージする日本的情緒の表現者というだけでなく、すこぶる多彩な才能の持ち主だった。

〽小さい頃が浮んで来ますよ　おっ母《か》さん〈東京だョおっ母さん〉

とか、

〽からたち　からたち　からたちの花　〈からたち日記〉

といった情感のある歌が持ち味だった一方、コミカルなリズムソングも自在に歌いこなす見事なプロ歌手だった。

『人生いろいろ』は、そんななかでも、傑出して印象の強い歌である。

この歌の詞を書いた中山大三郎さんとは、私がレコード会社の仕事をしていた時代の仲間である。

そのなかには、まだ純情な童謡詩人だった無名の吉岡治さんもいたし、若き俊英《しゅんえい》といった感じの叶弦大《かのうげんだい》さんもいた。兄貴分として、ちょっと年上の星野哲郎さんがいた。

しかし後年、あれほど多彩な活躍ぶりを見せる中山大三郎さんも、当時はまだ大して売れないアーティストグループの中にいた。『人生いろいろ』は、中山さんの作品のなかでも、やはり異色の詞である。

軽やかなフレーズのなかに、どこか一種の諦念の気配が漂っており、私はそのアナーキーな感覚が好きだった。

〽人生いろいろ

という一行には、相当の人生経験が背後に滲んでいるのではあるまいか。島倉千代子の隠れた側面がかいまみえるような、おもしろい歌だと思う。

あかりをつけましょ
ぼんぼりに

サトウハチロー

## 童謡はどこへいったのか

〈うれしいひなまつり〉は、サトウハチロー作詞、河村光陽《こうよう》作曲の童謡のベストセラーである。

作曲家の河村光陽は〈かもめの水兵さん〉の作曲者としても有名だ。昭和十二年に発売されたこの歌は、戦後も長くレコード会社のドル箱だった。

これらの歌を歌唱したのは、光陽の長女、河村順子である。

彼女は戦前、戦後を通じて、父、河村光陽の作品をうたって国民的アイドルとなった。

私が若い頃、レコード会社の専属作詞家として働いていたとき、童謡の仕事でしばしばご一緒することがあった。何曲かは私の作詞した子どもの歌をうたってもらった記憶がある。〈かもめの水兵さん〉にしても、〈うれしいひなまつり〉にしても、当時は国民的ヒットソングだったのだ。

今ならさしずめ〈アニソン〉、大ヒットアニメの主題歌の歌手といったところか。

童謡という歌のジャンルが、いつのまにか影が薄くなってしまって、今では〈童謡歌手〉という肩書もあまり聞かなくなった。

歌は時代とともに変わっていく。

最近、〈昭和歌謡〉がしきりに話題になっているが、失われたものへのノスタルジーだけのことではあるまい。

そこには日本人の遺産として、重要なものが存在しているからではないだろうか。単なるレトロ趣味ではないような気がするのだが。

# 歌は心を相対化する

小泉文夫

## 昭和歌謡ブームの中で

故・小泉文夫さんは、民族音楽学者であり、また日本音楽の再発見者であった。音楽アカデミズムの中心に身をおきながら、巷《ちまた》の流行歌謡にもこまかく目配りする柔軟性をそなえた学者だった。

日本人は戦中、戦後の困難な時期を、センチメンタルな歌を口ずさむことで乗りこえてきた民族である。

短調の歌を口ずさむことで、最も困難な極限状態を乗りきってきたのだ。

悲しい歌は、ただセンチメンタルな気分に浸らせるだけではない。悲しんでいる時に人間は悲しい歌をうたいたいものなのだ。

そのことで悲しみを乗りこえる力を得ることもできるのだ、と私は考えていた。

小泉さんは、そんな私の素人談議を笑ったりしなかった。

「悲しい歌をうたうことで、悲しみを相対化するんですよね」

と、小泉さんは言った。小泉さんは、ただの学者ではなかった。歌手の音域から息つぎ、ビブラートのかけ方にまで目配りして歌を論じる現場の人だった。最近、まともに歌謡曲を論じる思潮が出てきたような感じがする。

〈昭和歌謡〉を相対化すること。

ただレトロ趣味で昭和の歌を持ちあげるのでは、少々さびしい。

そんななかで、小泉さんの言葉をなんとなく思いだしてしまうのだ。

# 楽器は雑音の出るのがよい

中村とうよう

## 音楽は「脱欧入亜《だつおうにゅうあ》」

ユニークな音楽学者だった小泉文夫さんは、ヨーロッパが作った独自の楽器などない、という説だった。

すべて西アジアなどから伝わったものである、というのである。

アジアやアフリカの楽器は、純粋に澄んだ音はださない。どこかに微妙な雑音というか、共鳴音がともなう。そのガサガサザワザワ感が、音楽を豊かに深いものにしている、と中村とうようさんは言っていた。アフリカにも、インドにも、中国にも、その雑音はある。日本の三味線ではそれをサワリといった。

西欧の発想は、音をできる限り透明に、カチッと正確に追求しようとする。ダミ声でなくて、ベルカントが最良の歌声だった。サワリの音は、西欧人にとっては雑音と聞こえたのだろう。ピュアな音を求めて極限まで達したところで、音のふるさとへの関心が目覚める。自由なノイズの世界へのノスタルジーだろうか。

エレクトリック楽器とロックの唱法が、それを可能にした。中村さんは、その動きを〈脱欧入亜〉と呼んでいる。

「深くいく人は、どこまでも深くいけばよい。広くいく人は、より広くいけばよい」

というのが中村とうようさんのスタンスだった。ポピュラー音楽の広野に深い井戸を掘った中村さんと、クラシック音楽の深淵《しんえん》から歌謡曲を論じた小泉文夫さんと、共に故人となってしまったことがつくづく惜しまれる。

# それは真心《まごころ》です

山口百恵

## 山口百恵が菩薩《ぼさつ》になったとき

山口百恵の登場は衝撃だった。

〽女の子のいちばん大切なものをあげるわと、十代の少女がうたう〈ひと夏の経験〉。

こんな歌詞が公《おおやけ》に歌われていいのか、と、はじめて聴いた瞬間、思った。

のちに聞いた話だが、同じ感想をもった記者がいたとみえて、記者会見の席上で、「女の子の、いちばん大切なものというのはなんですか」と、質問をしたという。

おそらく、いろんな妄想が頭をよぎったのだろう。ほかの記者たちが、さすがに遠慮して質問できなかったことを、ズバリぶっつけたのだ。

一瞬、会場には、凍りついたような時間が生じたにちがいない。

しかし、そのとき山口百恵は、静かに答えたという。

「それは真心です」

山口百恵は、いつ菩薩になったのか。

私は、この瞬間に彼女は菩薩となったのだと思う。

単なるゴシップかもしれないし、あらかじめ想定されていた応答かもしれない。しかし、言葉はそれを発する者がいて、発せられる瞬間に真実となるのだ。

「それは真心です」

そのひと言によって、あの露骨な歌が聖なる歌に変わった。

日本芸能史上、希有《けう》なひと言だったと思う。

## ドストエフスキーは面白い
## 読んでいて笑ってしまう

フランソワーズ・サガン

### ドストエフスキーの笑い

サガンは時代の子だった。私が大学生だった一九五〇年代、サガンが好きだ、とは言いにくい雰囲気があった。サルトルかカミュ、またはルイ・アラゴンかポール・エリュアールあたりならまず馬鹿にされる心配はなかった。ドストエフスキーは、当時も今も、本棚に並べておいて一目《いちもく》おかれる存在だった。

しかし『悲しみよ　こんにちは』や、『ある微笑』など、サガンの世界にひそかな憧れを抱いたことは事実である。

私がサガンと話をすることができたのは、ある雑誌の対談の企画があったからだった。フランス人以上に見事なフランス語を話す知人があいだにはいってくれての会話だったので、言葉の壁を感じないほどスムーズなやりとりができたのだ。実際に会ったサガンは、活気のある中年の女性だった。サルトルやボーヴォワールについての辛辣《しんらつ》なゴシップなど、あけすけに話すオバサンだった。

話が、映画女優の評価になったとき、マリリン・モンローは、夫のアーサー・ミラーよりもはるかに深くドストエフスキーを理解していたと思う、と彼女は言った。そして、こうつけ加えた。

「ドストエフスキーは、とても面白い。読んでいると、つい笑ってしまうんです」

同じことをロシア人の読者からも聞いたことがある。明治以降、私たちはドストエフスキーを読んで、本当に笑ったことがあっただろうか？

## 現在どんな歌が流行《はや》っているかということによって、現在の日本人の思想がはっきり見える

三波春夫

### 赤色浪曲から東京五輪音頭まで

〈お客さまは神様です〉という言葉だけが世間に流布《るふ》した三波春夫だが、日本の芸能について、これほど実践的に追求をつづけたアーティストは少ない。

戦後のシベリア抑留生活での体験が彼の芸能論の土台になっていることは言うまでもないが、その骨太の論理は、この国の社会構造の底部に深く触れるところがある。

『朝倉喬司芸能論集成』（現代書館）のなかで、朝倉をはじめヒトクセある論客を相手にくりひろげられている討論のなかで、「東京五輪音頭」をめぐる三波春夫の発言はとびきり存在感があるといっていい。

「満洲を措《お》いては日本は語れない」という三波春夫の言葉は実感がある。シベリアから復員したあとでやった浪曲が「赤色浪曲」だった。労働者、農民よ団結せよ、と呼びかけた時期もある。

〽あのナホトカから怒濤《どとう》の波を乗りこえて　着いたところは舞鶴で　故郷に帰った四年ぶり　これから私は命をかけて　民主日本の国造り　紅《くれない》燃ゆるこの心

などと新浪曲を唸《うな》った戦後から、「東京五輪音頭」への道は、そのまま日本がたどった道だった。

歌のない革命はない。歌のない戦争もない。

緊急事態宣言の街に流れる歌は何か。耳をすませてもその歌声はきこえない。音楽は氾濫《はんらん》しているが、時代を映す歌声がきこえないのだ。これは何を意味するのだろうか。

# 貧民窟《くつ》で、淫売《いんばい》窟で、そして
# ドンチャンドンチャンの見世物窟だ

大杉　栄

## ジャズを〝読む〟という歓《よろこ》び

大杉栄がパリを訪れたのは一九二三年である。十九世紀末からモンマルトルは一大歓楽街の活況を呈していた。

かつて私たちが夢に見たモンマルトルとは全くちがう歓楽街がそこにはあった。

『パリの空の下ジャズは流れる』（宇田川悟著／晶文社）のなかで、大杉の文章が紹介されている。

〈二〇世紀初頭、ジャズがパリに入ってきた。それがすべてだ〉と、村上龍はこの本のオビに寄せたコピーで言っている。

昨年（二〇二三年）の本の収穫は、岩波書店から出たマイク・モラスキーの『ジャズピアノ』（上下）と、この『パリの空の下ジャズは流れる』の二冊ではないだろうか。

活字を聴く、という体験を、この二冊はリアルに味わわせてくれた。例年、年末になると正月は何を読もうかと迷ったりするのだが、こんどは迷わなかった。この二冊を抱えて寝転がって過ごした。

ジャズについては、いろんな本が書かれてきた。ジャズを書く、ということ自体が難しいことなのだ。しかし、ライヴにせよ、CDにせよ、音は直接に体にはいってくる。それを言語で再現するのは、至難のわざだろう。

だが、邪道といわれようと何であろうと、この二冊を読むことは音を聴くこととはちがう意味での歓びを感じさせてくれる。ジャズ論としてではなく、耽読《たんどく》の陶酔《とうすい》を味わわせてくれる本に出会った。

# いまのヌードは芸もなければ能もない

井上ひさし

## 芸もなければ能もない時代

故・井上ひさしさんは、若いころ浅草のフランス座で進行係をしていた時代があった。私も学生時代にストリップ時評などを書いていたこともあって、井上さんと会うと昔の話をよくしたものである。マリア・マリとか、浅草待子とか、そんな名前がひょいひょい出てきて、いつも話が長くなってしまうのが常だった。

そんな井上さんが晩年、「最近のストリップはどうかと思う」と、本気で慨嘆《がいたん》していたことがあって、その真面目《まじめ》さがおかしかったことがある。

「ただ見せるだけで、気が滅入《めい》るばかりですから」

と、言っていたのは、晩年もストリップをちゃんと鑑賞していたということだろうか。

「おならとか、褌《ふんどし》とか、便器とか、そういうきたないことで笑わせているグループも、あまり好きじゃない。褌を使えば素人だって他人を笑わせることができますしね」

そのころ、大人気だったお笑いのグループのことを、むきになって批判していた。

「芸もなければ、能もない。ってことは芸能じゃないわけです。やはり芸能ってものが大事でしょう」

最近、どの分野でも芸も能もない人たちが大手をふってまかり通っている感じがする。政治も、ジャーナリズムも、ビジネスの世界も、みんなそうだ。井上さんが生きていたら、どんなふうに批評しただろう、と、ふと思う。

# 火野さんは、若い人にとても思いやりのある作家だった

遠藤周作

## 明治の汽車は米を積んで走る

火野葦平《ひのあしへい》は日中戦争中に戦地で第六回芥川賞を受賞した作家である。戦地での授賞式には、内地から小林秀雄がわざわざおもむいたという。『麦と兵隊』などが評判になったこともあって、戦後、戦争責任を問われるが、やがて復活して『花と竜』『革命前後』など数多くの作品を書いた。

北九州の沖仲仕《おきなかし》「玉井組」の長男ということもあって、親分肌の豪毅《ごうき》なイメージがつよいが、カトリック作家、遠藤周作は火野葦平のデリケートな部分を対談の中でこんなふうに語っている。

「火野さんと地方の講演会にいった時の話だけど、火野さんはサービス精神に富んでるから、地元の人に色紙を頼まれると午前二時ごろまで書いてるわけよ。ぼくは頼まれないからそばで見てると、火野さんが気をつかって、君も一、二枚書きなさいとすすめてくれた。地元の人は迷惑そうな顔をしてたけど、仕方なしにぼくは汽車の絵を描いて、そばに汽車という字を書いたんだ。受け取った地元の人が妙な顔して、汽車の汽の字がちごうとる、と言う。はじめての色紙であがってしまって〝滊車〟と書いてしまったんだね。そしたら火野さんが、なにを言っとる、明治の頃は汽車は米を運んで走ったもんだ、遠藤君はそれを知ってるから〝滊車〟と書いたんだぞ、って言ってくれた。ぼくは今でも忘れないね、デリケートな、思いやりのある人だったなあ」

その色紙は今ごろどこにあるのだろう。

# フランス人とアラブ人の新しい共同体を！

アルベール・カミュ

## 時代を予感する言葉

これは一九五五年、仏の週刊誌『エクスプレス』でのカミュの発言である。

二〇一五年のテロ事件が起きた時、フランスは大揺れに揺れた。フランス国民の怒りは、論理をこえた嵐となって吹きあれた。パリ市中を行進する反テロデモの波は、「ラ・マルセイエーズ」の歌声とともに世界に放映された。

フランス人は知的な国民だというイメージがある。論理的でヒューマンな伝統が市民の間に息づいているといわれる。

しかし、ドイツ軍を打ち破ったあとのナチ協力者へのリンチの映像を見る限り、一面でまた激しく感情的な人びとだと思わずにはいられない。意外にカッとなりやすい国民なのだ。

すでに半世紀前に、カミュはフランスの抱える病根を意識していた。カミュ自身がアルジェリアからの引揚者だったこともあるだろう。陰で「ピエ・ノワール」(黒い足)と称されて、フランス本国との間で宙づりになった感覚を抱いていた作家なのだ。『異邦人』とは、そんな感覚を反映したタイトルなのではあるまいか。

アウシュビッツの体験は、今、少しずつ風化しつつあるのかもしれない。新たなナショナリズムが欧州に目覚めつつある感じが、ひしひしとする。

かつてのカミュの言葉が、いま私たちの胸にひびくのは、肌で感じる危機意識のせいだろう。世界はいままさに大きな転回点にあるのだ。

# 芸者になろうと思ったこともあります

美空ひばり

## 歌い続けたエネルギーの源泉

美空ひばりさんと雑誌の対談をしたのは、いつ頃のことだったろう。これまで無数の対談をしてきた中でも、彼女がふっともらしたそのひと言は、なぜか鮮明におぼえている。

これまで仕事を休んだことはありますか、と私がきいたとき、彼女は実にきっぱりと、

「ありません」

と、答えた。なぜですか、と重ねてたずねると、実に真面目な顔で、

「私たちはちょっとお留守をしちゃうと、その間に違う歌手がぽんぽん出てきますから」

と言った。美空ひばりほどの歌い手でも、それほど激しい競争の世界なんだな、と納得したものだった。

「そんなにがんばれる秘訣《ひけつ》は？」

と、たずねると、

「わたし、ほかに能がないんですもの」

と、笑って、

「歌がダメになったら芸者さんにでもなろうと思ったこともあります」

と、真顔で言って、笑った。歌の技術について、彼女ほど真剣に考えた歌い手はいないんじゃないか、と思うほど技術にこだわった人である。

少女のようでもあり、また年増芸者のようでもあるその対応には、これまで無数の人々と対談をやってきた私も、たじたじとなるほどの鮮やかさだった。芸者さんになっていたら、さぞ超一流の存在になっていたことだろうと思う。

# 第三章　変わるもの変わらぬもの

## 認知症者の生態には、知性だけではない"もう一つの生き方"が啓示されている

高松淳一『デフォルメ鏡』

### おそれるだけでは理解できない

長年、認知症者と接してこられた精神科医の髙松淳一医師は、〈認知症者のもう一つの生き方〉について実にユニークな一冊の本を著した。『デフォルメ鏡』(石風社)というのがそれである。

「人類は、加齢(エイジング)への抵抗、不老長寿への願望、死との闘いの歴史の中で、

認知症に対しても、意識する自己の喪失という恐怖から、認知症を恐れ忌み嫌う観念がある」

しかし一方で認知症者は「日本人のものの哀れや無常観の表現者のようでもあり、認知症者の生き方には、認知症を人に容認させる、懐かしく、心地よく感じられるものがある」と著者はいう。

人は認知症高齢者と連続性（つながり）のルートを実感（受容、共感）できる、というのが著者の考え方だ。

私たちは高齢社会が現実化してくるにつれ、精神の高齢化に強い不安を感じるようになった。認知症の自分、というイメージが人々の心に重くのしかかってくる。そして、そこから身をよじって逃避しようとする。

しかし、認知症をおそれ、それを忌み嫌うこと、拒絶することだけで、はたしていいのだろうか。

認知症は憎むべき敵ではない。もう一つの自己との遭遇かもしれないのである。私たちはいま、まったく新しい局面に立っているのだ。

# 小便を忍んで房事《ぼうじ》を行うべからず

貝原益軒《えきけん》

## 卓抜なエンターテインメント

『養生訓』は古い、と思っていた。断定的で、いわゆるエビデンスがない。現代人には通用しない説だろうと考えていたが、講談社学術文庫の全現代語訳（伊藤友信訳）の奥付を見たら、第五十八刷となっていた。数年前に購入したものだから、現在はさらに版を重ねているのではあるまいか。

『養生訓』には、なんとなく縁があるような気がしていた。貝原益軒は私と同じ九州福岡の生まれである。しかも『養生訓』を書いたのは八十三歳の時だ。刊行されたのは翌年だが、当時の八十三歳というのは、超高齢者に属するだろう。

『養生訓』を読むと、おそろしく多岐にわたって論が展開されている。しかし、世間一般には、セックスに関しての意見で知られてきた。

二十歳の者は四日に一度。三十歳で八日に一度。四十を過ぎれば十六日に一度。などとうるさい事おびただしい。六十歳を過ぎては、「とぢてもらすべからず」などと余計なおせっかいではないか。

しかし、益軒先生の書の魅力は、巧《たく》まざるユーモアにある。「小便を忍んで房事を行うべからず」とは、具体的すぎて噴き出したくなるくらいだ。

これだけ版を重ねているところからみると、現代人は、ひそかにこの『養生訓』を精読しているのだろうか。微に入り細をうがった養生の教えを、私は卓抜なエンターテインメントとして読んだ。おもしろい。

丁寧に嚙めば消化がよいことを知って
これを実行しておれば、丁寧に嚙まないと
消化不良を起こすようになる

野口晴哉《はるちか》

## 第三の道はどこにあるのか

野口晴哉の『体癖《たいへき》』（ちくま文庫）のなかにでてくる言葉だが、その通りには違いないが、むずかしい問題ではある。

こうすればよい、と、すすめられてそれを実行し、効果があがったら、人はどうしてもそれに頼るようになる。これは当然のことだ。

健康の問題だけでなく、人間関係でも、仕事の面でも、うまくいく方法がみつかったなら、人はそれを大事に使う。体にいいと言われて、ためしてみて効果があればそれを習慣にするのは当然だ。

しかし、それを常用すれば、また習慣となってマイナス面が出てくるとなれば、人は困惑するしかない。

実際に私たちは猛暑のなかでエアコンに頼って生きている。考えてみればあらゆる文明の利器がそうだ。

では、どうすればいいいか。

私は思うのだが、すべてのプラスは、必ず背後にマイナスを背負っている。それを避けることはできない。現に私たち都市生活者は、冷暖房なしでは暮らせぬ動物になった。

それを文明の問題と言ってしまえば、おおげさだが、すべての進歩には必ずマイナス面がつきまとっていると覚悟して、それを意識しながら生きるしかないのではあるまいか。

日々、よく嚙んで食べることを大事にしながら、片方で不安を抱えつつ生きている日々が続く。

組織とか集団というのは、入り方、
それから出方、やめ方の両方の
出入り口がついていないとだめなんです

吉本隆明

## 始まりは終わりの始まり

これは『考える親鸞』（碧海寿広著／新潮選書）のなかに引かれている吉本隆明の発言である。オウム真理教についての批判の一部だが、いま政治的な派閥の行方が問題になっている際に一つの組織論として重要な指摘であるように思われる。

私たちは組織や集団や運動に加わるとき、ある決意をバネとして行動するが、受け入れる側にも、また、入る側にも同じような決意が必要なのではないだろうか。

入ることは、常に出ることを前提にして決意されなければならない。行為は決意することと同時に、それを放棄するときの自己によって生きた思想となる。

しかし、一見、出口なしの状態と見えても、必ずどこかに出口はあるのではないだろうか。

〈八方塞《ふさ》がり〉と見えても、もう二方残っていることを忘れてはならない。仏教ではそれを〈十方《じっぽう》〉という。

出口は常にあるという意識が、集団や組織のフレキシビリティには不可欠なのだ。これまでの組織論を逆に、出ること、やめることの側から眺めてみると、なにか新しい風穴がみつかったような感じがする。入ることと出ること、やることとやめること、始めることと終《しま》うこと、などなど複眼的な視野の新しい組織論が必要な気がしないでもない。

始めることは、終わることを前提に企《くわだ》てられなければならないだろう。新しい組織論は、そこから始まるのではないかと思う。

## 悉《ことごと》く書を信ずれば、書なきに如《し》かず

孟子《もうし》

### 本を読んで右往左往するな

私はかなり多く本を読むほうである。

そして読後、すっかりその本の視点に影響されて、周囲を見る目が変化する傾向がある。

ウクライナ戦争やパレスチナの問題にしても、立てつづけに関連書を読むと、もろにその影響をうけて、自分の視点がそのつど変わるのだから困ってしまう。と、いって最初から疑いの目をもって本を読むというのも、どうだろうか。読書は多くの情報と視点を読者に提供してくれる貴重な体験だ。

しかし、素直な気持ちで本に接し、いちいちその本の視点をわがものとするのは、かなり問題があるような気もする。

私は学生の頃、ドストエフスキーの作品を読んで、強い感動を受けたくだりがあった。その文章をノートに書きうつして、大事にしていたのだが、後年、そのくだりが誤訳らしいと知って愕然《がくぜん》としたものだった。

最初から疑いの目をもって本を読む、というのは問題だ。しかし、著者の知名度や、さまざまな解説、批評などで最初から崇拝《すうはい》するのも正しい読み方とは言えまい。

虚心に、と言ってしまえば簡単だが、私たちの内面のアンコンシャス・バイアス（無意識の偏見）を完全に拭い去ることは不可能である。

要するに本など読まなきゃいいんだよ、と極端なことを言う先輩もいたが、そうはいくまい。はて、どうすればいいのだろうか。

# 親鸞は本当に解体が好きな人なんです

吉本隆明

## いま、あらためて刺激的

これは〈『最後の親鸞』からはじまりの宗教へ〉という中沢新一さんとの対談の中に出てくる吉本隆明の発言の一節である（『中央公論』／二〇〇八年一月号所載）。

この言葉を受けて中沢新一は、

「壊し屋ですね。（笑）」

と応じて両者の丁々発止の討論が展開される。中公文庫の『親鸞の言葉』に収録された記録で、抜群におもしろい。

文章の構成は、前半が吉本の文章、後半が〈親鸞をめぐる三つの対話〉となっていて、それに鮎川信夫、佐藤正英、中沢新一のお三方との対談を加え、解説を梅原猛さんが書いている。故人の梅原猛に「さん」をつけたのは、以前、京都でご馳走《ちそう》になったことがあるからだ。

梅原さんは番外編の雑談を楽しむ風流人だった。この本の巻末の解説でも、対談のあとの店で「この人の職業は何と思うか」と吉本のことをたずねたら、「剣豪小説の作家でしょう」という答えが返ってきた話などが出てくる。

中沢新一さんとの対話では、若い中沢のほうが大人びた感じで舞台回しをつとめ、吉本のほうが書生っぽく咄々《とつとつ》と熱心に語っている気配が刺激的だった。

『教行信証《きょうぎょうしんしょう》』についての吉本隆明の感想、また『和讃《わさん》』に関する指摘など、疑問に思うことも少なくないが、これらの問題に関して、もっと活発な議論が展開されるべきだと思わずにはいられない。

# 今さら宗教同士が争っている場面ではない

鎌田東二

## 根の深い神仏習合の感性

ＮＨＫ『紅白歌合戦』のフィナーレが終わると、突如としてテレビの画面が切りかわる。紙吹雪の舞い散る狂乱の巷《ちまた》から、しんと静まりかえった寺の夜景へと雰囲気が一変する。『ゆく年くる年』のはじまりだ。やがて重々しい除夜の鐘の音が流れだす。いつか紅白がなくなる日がきても、『ゆく年くる年』は残るのだろうか。

考えてみると、紅白にわかれて歌を競う『紅白歌合戦』と『ゆく年くる年』は、一体になった番組だと思われる。「紅白」が「神仏」と重なっているのだ。

年を送るのは寺である。そして新しい年を迎える初詣《はつもうで》のシーンに移る。こちらは神社だ。そもそも歌とは、祭壇に捧《ささ》げる儀礼であったのだから、まったく違和感はない。時代によって供物のスタイルが変わるだけの話である。

鎌田東二さんの説によれば、「神は来るモノ」で「仏は往く者」であるという。「七歳までは神の内」といわれて育ち、「死ねば仏」として送りだされる。日本人の神仏習合の文化は、根が深いのだ。その姿を大別して、四つにまとめると、①「神々の習合時代」、②「神仏習合時代」、③「神仏分離時代」、④「神仏共存時代」となる。現在を鎌田さんは「神仏諸宗共働き時代」であるという。

今年も初詣には、明治神宮をはじめ、川崎大師、成田山新勝寺、浅草寺《せんそうじ》などに数百万の人びとが参拝したという。習合する宗教と、習合しない宗教の対立のなかで、この国はどんな役割をはたすことができるのだろうか。

# 富《とみ》の道は名誉の道ではない

新渡戸稲造《にとべいなぞう》

## 変わるものと変わらぬもの

新渡戸稲造の『武士道』といえば、その名ばかりが有名で、読まず嫌いの読者がかなり多いのではあるまいか。なにしろ明治三十二年に書かれた本だ。日清戦争の四年後、日露戦争の五年前というから、十九世紀末のことである。最初、アメリカにおいて英文で発売され、翌年、日本で出版された。岩波文庫では一九三八年以来、現在も息長く版を重ねている。

「モンテスキューは、貴族を商業より遠ざくることは権力者の手への富の集積を予防するものとして、賞讃すべき社会政策たることを明らかにした。権力と富との分離は、富の分配を均等に近からしめる。ディル教授はその著『西帝国最後の世紀におけるローマ社会』において、ローマ帝国衰亡の一原因は、貴族の商業に従事するを許し、その結果として少数元老の家族による富と権力の独占が生じたことにあると論じて、吾人《ごじん》の記憶を新たにするところがあった」

と、新渡戸は書いている。

近年、ドイツの巨大自動車産業の不正が国際問題化した。私はドイツ製品を使い続けてきて、その信頼度に帰依していたので、大いに驚くところがあった。しかし、一八八〇年にビスマルク首相は、ドイツ製品の信用度の欠乏を嘆じ訓令を出したという。そして新渡戸はこう述べている。

「しかるに今日商業上ドイツ人の不注意不正直を聞くことは比較的少ない。二十年間にドイツの商人は、結局正直が引き合うことを学んだのである」と。

天下を争う者は必ず先《ま》ず人を争う

管子

## 争う、という言葉の真意

「争う」といえば、私たちはすぐに喧嘩《けんか》をすることを想像する。

しかし、この言葉の場合は、どうやら逆の意味らしい。

選挙であれビジネスであれ、自分ひとりでやれるものではない。良きパートナーというか、スタッフというか、周囲を固めることが重要だという。〈人を争う〉というのは、共に戦ってくれる盟友、人材を獲得することの努力をいうらしい。

昔も今も一人のヒーロー、ヒロインの陰には、すぐれたサポーターがいた。そういう人材は、向こうから勝手にやってくるものではない。

得難きは人材である。しかも表に立つより、人を立てることを生き甲斐《がい》とするような人物だ。

争いに先立って、まず人材を得るための努力が必要だが、なかなかそのような人物を得ることは難しい。

最近の選挙の風景を眺めていると、キャラの立った人物が勝手に立候補しているような感じだ。

その背後に物言わぬ人物が控えている厚みこそ、一票につながるのではあるまいか。

争いの正面に立つ者は、代表として戦うのだ。人々は一人の候補者に投票するわけではない。

選挙の風景に厚みがなくなった、と感じるのは時代おくれの感想なのだろうか。

# 戦争は国家を守るが国民を守らない

池内 了

## 宇宙物理学者の視点から

『月刊住職』という仏教寺院向けの専門誌がある（興山舎発行）。創刊五十年の堂々たる専門誌だ。目次を一瞥《いちべつ》すると、現代の仏教界が直面する問題は、これほど多様で複雑なものかと痛感させられる。

高雅な表紙といい、多彩な内容といい、宗教ジャーナリズムの雄というべき雑誌だろう。

以前、私がインタヴューを受けたときの記事が載っている数年前の号がでてきたので、読むともなしに眺めていたら、ロシアのウクライナ侵攻に関する文章が目についた。読者との問答形式の「色即是空の科学事始め」という連載記事である。筆者は宇宙物理学者の池内了氏。連載一九四回（二〇二二年七月号）とあるから相当の長期連載だ。〈ウクライナ侵攻をめぐる問答集（その1）〉として「第9条で平和は守れるのか」という見出しがついている。

仏教、寺院界の専門誌が、ウクライナ問題をとりあげるというのは、かなり大胆な試みではないだろうか。

まだ開戦まもない時期の記事だけに、情報も限られているが、今回のウクライナ問題を見る視点はずれていない。

なかでも冒頭にかかげたフレーズは、当たり前のことを堂々と宣言していて深く実感できる一文だ。

〈戦争は国家を守るが国民を守らない〉

パレスチナ対イスラエルの戦いにもその事を痛感する。

## 全世界の目が向けられている。ロシアは一体何をやり出すだろう、と

井筒俊彦

### いま読むべき一冊

これは一九五三年に刊行された『ロシア的人間』（弘文堂）の第一章として著者によって書かれた文章の一部である。二〇二二年の夏、中公文庫から新版が発刊された。私が大学に入学した頃に書かれたもので、すでに約七十年の年月が過ぎている。当時の著者の言葉はこうだ。

〈（前略）今やロシアは世界史の真只中に怪物のような姿をのっ、そ、り、現して来た。為体《えたい》の知れないこの怪物のまわりに無数の人々が、蝟集《いしゅう》して騒ぎ立て狂躁《きょうそう》している有様は、まるでスタヴローギンをめぐる「悪霊」の世界がそのまま現実となって出現したようだ。この怪物の姿を仰ぎ見ただけで、ただもう訳もなく感激し、熱狂し、昂奮《こうふん》している人々がある。顔をしかめ、憎悪と憤懣《ふんまん》に充ちたまなざしをそれに注ぎながら、怒罵《どば》し、呪詛《じゅそ》を投げかけている人々がある。胡散《うさん》臭そうにじっとそれを見つめている人々もある。こうなるともう誰も黙ってはいられない。誰も無関心ではいられない。好きでも嫌いでも、全ての人が関心を払わずにはいられないのだ。ロシアをめぐる空気は異常に緊張している。今日、ロシアはまさに文字通り一個の全世界史的「問題《プロブレーム》」として自己を提起した。（後略）〉

一九五三年、昭和二十八年に世に出たこの一冊が、いま再刊される意味は大きい。

〈ロシア文学を論じてロシアを感じさせる日本人の論文を、私はかつてこの本以外に読んだことがない〉と江藤淳は言っている。

## ヤクート人はけんかをする時、ロシア語でやるんです

ヤクートで聞いた言葉

### 住めば都というけれど

これは作家の米原万里《よねはらまり》さんが、世界で一番寒いといわれるヤクートを訪れた時、その地の人から聞いた言葉だそうだ。

『マイナス50℃の世界』（米原万里著、山本皓一写真／清流出版）という本の中に出てくるエピソードである。故・米原万里さんは、取材でヤクートを旅行し、数々の驚くべき体験を

した。その記憶をつづった写真入りの美しいエッセイ集が『マイナス50℃の世界』である。

「さいはてのさらにさいはて」と呼ばれるこの地は、想像を絶する極寒の国だった。ヤクートの人々は、その地で自分たちの生活と文化を育んできたのだ。

なぜヤクート人はけんかをする時、ロシア語でやるのか。それは、ヤクート語には罵《のの》りことばや悪たれがほとんどないからだという。

ヤクート人は、もともとは南方に住む人々だったらしい。しかし他民族に圧迫されて、北へ北へと移動し、やがてその地に定住した。モスクワがマイナス三〇度の時、ヤクーツクはマイナス五〇度をさらに下回る寒さだという。

「お元気ですか。こちらはもうすっかり暖かくなりました。外の気温はマイナス二一度。暑いほどです」

これはヤクートのテレビ局員から届いた手紙の一節だそうだ。それに対して米原さんは、こう返事を書いたという。

「東京は春だというのにまだはだ寒く、きょうの気温はプラス二一度です」

# 政権というものはじかに手を触れてみることが重要だ

藤沢周平

## 藤沢周平の世界の背後に

これは城山三郎さんとの対談の中で、藤沢さんが述べた言葉である。

「観念論だけでは百年待っても政権は回ってきません」

という発言に続いて、連立政権をつくって、失敗したらしたでいいではないか、と藤沢さんは言う。

藤沢周平さんの作品を愛読する人たちには、おや、と感じるベタな政治的意見である。私は以前、直木賞の選考会の席でたびたびお会いする機会があったが、いつも言葉少なで、誠実な姿勢に感銘を受けていた。その藤沢さんが、なまぐさい政治に触れた発言をされていたのが意外だったのは、私だけではあるまい。

しかし、城山さんとの対談の中で、戦時中の『軍人勅諭』や『開戦の詔書』についてこんなふうに語っておられる部分を読むと、藤沢周平という作家の激しさと厳しさに打たれるところがあった。

『軍人勅諭』の中の一節「義は山嶽《さんがく》よりも重く死は鴻毛《こうもう》よりも軽しと覚悟せよ」という言葉や、「朕《ちん》は汝等《なんじら》軍人の大元帥《だいげんすい》なるぞ」というくだりを読むと、少年ながら「奴隷の幸福とでも言うか、恍惚《こうこつ》となった」と語っているのである。

城山さんとの対談は一九九三年のものであるから、当時の政治的状況を反映しての意見だったろうと思う。

激しい情熱というものは、時として静謐《せいひつ》な世界の深部に宿るものだ。藤沢周平さんの小説世界の背後には、現実世界への冷徹な視線があったことを、あらためて痛感する。

# もともと滑稽《こっけい》とは、悲哀と表裏の関係をなすものだ

駒尺喜美《こましゃくきみ》

## 滑稽化するという道

駒尺喜美さんはＬＧＢＴ運動のさきがけといっていい人だった。私は駒尺さんの言葉や仕事から、じつに多くのことを学んだ。

正直にいってしまえば、私たち昭和世代の男たちは、すべて男性優越感者である。優越論ではなく、骨がらみになった優越感の持ち主なのだ。

頭では差別すべきではないと思っている。心でもそうありたいと願っている。しかし、それでいて皮膚感覚のように体にしみついているものがある。それが何かの折に、ごく自然にというか、無意識のうちににじみ出てくるのだ。

これをどう克服すべきか。骨の髄《ずい》までしみこんだ優越感を、何によって脱ぎ捨てることができるのか。

思想的な自己批判は、無意味だろう。頭をさげて反省したところで、根性が直るわけではない。男性優位の感覚は、思想や論理ではないからだ。

もし、それが可能だとしたら、徹底的に男性を滑稽化すること、そこにしか活路を見いだせないのではないか。自分たちが優越していると思いたがる本能を滑稽化する。その背景には優越感にすがるしかない存在であることの悲哀がある。

男権主義者を攻撃しても、私たち男は首をすくめて、やり過ごすだけだ。

駒尺さんはそれがわかっていた数少ない人物のひとりだった。今更のようにその不在が惜しまれてならない。

# 津波てんでんこ 三陸地方の伝承

## 「自己責任」の重さとつらさ

十年を過ぎても東日本大震災の記憶は消えない。天災か人災か、今後も長く議論されることだろう。

「津波てんでんこ」

という言葉が、深い悔恨《かいこん》とともにふたたび語られた。三陸地方に言い伝えられてきたという、古人の戒《いまし》めである。

激烈な災害時に、家族、知人、近隣の人びとの安否を気づかうのは、人情というものである。相互扶助の心なくしては人間社会は成りたたない。しかし、おのれの脱出よりも他者の安全を気づかうあまりに、もろ共に犠牲になった人びとの数も少なくなかった。

「てんでんこ」とは、「それぞれに」「各自の判断で」行動せよ、という深い体験からの言い伝えである。

それは無闇とお上の指示にしたがうだけでなく、自己判断で行動せよ、という庶民・大衆の覚悟ではないかと思う。

私の郷里である九州でも、同じような表現があるのが不思議だ。「てんでん勝手にやればよか」などと言う。その「てんでん」には、自由気ままに、ではなく「自己責任において」というニュアンスがある。

東北と九州で同じ方言が残っているというのは、不思議なことだ。

仏教でいう「自利利他」の教えが残っているのだろうか。いや、重い体験からの民衆の智慧《ちえ》かもしれない。痛みを乗りこえての名言であると思う。

# 伝統の九十九パーセントは弊害である

加藤唐九郎《とうくろう》

## 行き過ぎるくらいで、ちょうどいい

毀誉褒貶《きよほうへん》、という言葉がある。ほめられたり、逆にけなされたりする人のことを、毀誉褒貶相半《あいなか》ばする人物、などと言う。それも少々のことでなく、双方にブレ幅の広いほうがぴったりくる。

私はそういう人が嫌いではない。いや、むしろ好き、といったほうがいいかもしれない。

例えば中世の宗教家である蓮如などがそうだ。どちらかといえば、彼は悪口を言われるほうが多い。悪評六分に、好評四分といったところだろうか。

加藤唐九郎という芸術家も、どこか蓮如に似た立場の人である。型にはまらない。自由に生きている。発言すると物議をかもす。とんでもない悪さをする。

私が加藤さんのアトリエを訪れたとき、加藤さんはプレイボーイのTシャツを着て現れた。

まだ一般にコンピューターが普及していない頃のことだが、加藤さんはすでに土の分析にコンピューターを使いこなしていた。

発言は過激でも、仕事には驚くほど着実な芸術家だった。伝統芸能とか、伝統芸術とかいわれるものの形を、打ちこわすことは至難の業《わざ》である。しかし物事は行き過ぎるくらいにやって、ようやくほどほどのところまで達するものだ。過去の名人上手たちは、伝統と正面から対峙《たいじ》することで、伝統をよみがえらせてきた。言い過ぎるくらいに言って、それでちょうどいい、と、この言葉は教えている。

# 日本人は、今、自信を持とうとしている

大澤真幸《まさち》

## 戦後七十年余の欺瞞《ぎまん》をどうするか

今週、読んだ本のなかで最も刺激的だったのは『サブカルの想像力は資本主義を超えるか』（大澤真幸／角川書店）という一冊だった。書店で見たときには、なんとなく難しそうな本だな、と思って買うのに躊躇したのだが、案ずるより読むは易《やす》しで、ひと晩で一気に完読してしまった。面白い！

『シン・ゴジラ』や『砂の器』、プロレスの木村政彦が登場するかと思えば『デスノート』に『おそ松さん』『逃げるは恥だが役に立つ』『この世界の片隅に』『カサブランカ』、その他もろもろのサブカル作品を素材に、柔軟な思索をつくしての包丁さばきは、その辺のエンターテイナーなど裸足で逃げだしそうな鮮やかさである。学生たちを前にしての講義録なればこその闊達《かったつ》さなのだろう。大学でこんな話が聞けるのなら中退などしなければよかった、と、ふと残念に思ったくらいだった。

冒頭のフレーズは、〈日本のナショナルプライドはV字回復している〉という章に続く〈強い社会的な使命感〉のなかに出てくる一節である。著者は『シン・ゴジラ』にそんな気分が反映していると指摘する一方で、日米合同委員会の指導下にあるこの国の現状を厳しく批判する。敗戦を解放とすり替えた日本人のねじれに、いつまでも身をまかせたままでいいのかと問うのだ。

〈読む・観る〉ことは、構想することであると、あらためて感じさせられた一冊だった。

# 教科書の寿命は三年以下である

多田富雄

## 世界は三日で変わっていく

時代は超スピードで変化していく。自然科学系の世界は、三年前の知識でなんとかなるのか、という質問に答えて、免疫学の最先端を疾走していた故・多田富雄さんがズバリ断言したのがこの言葉である。

「だめです」

と、多田さんは即座に応じた。自然科学の知識は三年で古くなる、というのだ。私たちは信頼できる「かかりつけ医師」の先生をもっていることを、幸せだと思う。「赤ひげ先生」とまではいかなくても、親身になって相談にのってくれるドクターの存在は、奇《き》蹟《せき》のようなものだ。

すべての世界に古典はある。原本原理もある。基本もある。それは当然だ。しかし、知識は刻々と変化する。医学の世界でもそうだろう。日進月歩どころか、秒進分歩といった感じだ。きのうまで当たり前のように考えられていたことが、きょうは真逆《まぎやく》とされたりもする。

先日、これまでの治療のやり方はまちがっていた、大いに反省している、という、或《あ》る専門医の真摯《しんし》な文章を読んで感動した。とても勇気のいる発言だと思ったのだ。

しかし、心の片隅で、いまごろそんなことを言われても、という思いがわきあがってくるのをおさえることができなかった。すべてのものは変化する。その真理だけは永遠に変わることはない。そう納得しつつも、いま私たちが直面している時代の劇的な変化のスピードに、ただ立ちすくむばかりだ。三年といわず、三日で世界は変わっていく。

# 第四章　生きることはむずかしい

## 子供がうっかりウソをついた場合、すぐ叱ることは有害である

柳田國男

### 子供のウソは笑って育てる

これは昭和五年に発表された『ウソと子供』という文章の一節である。「イツワリ」と「ウソ」とには、明瞭《めいりょう》な区別があった、と柳田は言う。本居宣長《もとおりのりなが》は、地方でソラゴトというのは、ウソと同じことだろうと言っておられる、というのだが、ソラゴトは単なるウソのことではない。

ウソはイツワリのことだけにとどまらず、「おどけ」や戯《たわむ》れの意味で用いられることが多かった。

東国ではイツワリをウソヲカタルと言ったという。また能登の一部では戯《ざ》れ言《ごと》のことをウソツキと言ったとも書いている。私の郷里である福岡では、ソラゴツとかシラゴツなどと言っていた。

要するにウソには人をだまして利益をえようというわけでなく、フィクションを創造しようという働きが作用しているのだ。五寸の魚を釣った場合、それを一尺の魚を釣ったと人に語るのは、相手をだまそうとして誇張するのではない。子供のウソにもそういう傾向があるのではないか。

母親はそれをきびしく批判するのではなく、自然の感情のままに存分に笑うほうがよい、というのだ。

今日の親は、あまりにもウソというものを怖《おそ》れすぎる、というのは私もそう思う。

しかし、いまの世の中、センスのないウソが横行しすぎているような気もしないではないのだが。

# 哺乳類の一生は五億回の呼吸である

本川《もとかわ》達雄

## 百年人生の息のしかた

どの動物でも、一生の間に心臓が鼓動するのは約二十億回であるらしい。そして息を一回スーッと吸ってハーッと吐く間に、心臓は四回ドキンドキンと打つ。これは哺乳類なら大小にかかわらず、みな同じだというのだ。

これは『ゾウの時間　ネズミの時間』（本川達雄／中公新書）の有名なエピソードである。刊行三十余年を経て、まだ読まれ続けている啓蒙《けいもう》的科学書の一節だが、私は思わず自分の呼吸を計ってしまった。ゾウであれネズミであれ、哺乳動物の一生はおよそ五億回の呼吸で終わる。

ネズミや体の小さな動物は、速く息をするから命が短い。ゾウのようなゆっくり呼吸する動物は、長生きである。しかし呼吸の貯金はほぼ一緒で、五億回がメドであるという。

私たちの息をする回数も、約五億回とすると、できるだけゆっくり息をするほうが長持ちすることになる。

要するに息せき切って暮らしていると、早く持ち呼吸の分をつかいはたしてしまうということだ。

ネズミよりゾウのように長生きする気なら、せいぜい心拍数を下げるしかないだろう。人生百年時代などというが、五億回の呼吸の持ち分が倍になるわけではない。せいぜいゆっくりと息をして、心臓がドキドキしない生き方を工夫するしかないのである。

これまで呼吸していたリズムを半分にできるだろうか。百年人生の道もまた難《かた》きかな、とため息がでてくる。

## ほんとに魚《さかな》はかはいそう

金子みすゞ

### 生きていることの難しさ

金子みすゞは大正末期にデビューした童謡詩人である。その代表作ともいえる『大漁《たいりょう》』や『おさかな』は、あまりにも有名だ。

大漁で祭りのようににぎわう濱《はま》の風景。

しかし、海のなかでは何万の魚たちが、獲《と》られた魚たちのとむらいをしているのではあるまいか。

彼女はそう書いた。

いのちのありように深いまなざしを向けた詩人は、生きていることがどれほど重かったことだろう。海の魚たちは、いたずら一つしないのに私たち人間に食べられる。ほんとに魚はかはいそう、と彼女はつぶやく。

しかし、生存競争の世の中に、そこまで思いつめては生きてはいけない。私たちは季節の秋刀魚《さんま》に舌つづみを打ち、旬の野菜に日々の歓びをあじわう。

また橘《たちばな》曙覧《あけみ》のように、子供たちが魚を大よろこびで食べるさまに、幸福を感じ、微笑することもある。

触れては生きづらい場所というものが世の中にはある。見て見ぬふりをしながら私たちは生きているのだ。だから金子みすゞの言葉は痛い。痛いとき、人はどうするか。

適者生存の原理だ、と居直ることもできなくはない。それが嫌だとして、では外《ほか》にどんな視点があるのか。忘れてはならない、ときどき思い出せばよい、というのは偽善《ぎぜん》だろう。

楽天的にでもなく、悲観的でもなく生きることはむずかしい。金子みすゞの言葉は、そのことを教えてくれる。

始めは処女の如《ごと》く
後は脱兎《だっと》の如し
孫子《そんし》

## 処女、必ずしも弱ならず

アメリカのビジネスマンは、やたらと「孫子」が好きらしい。ウォール街を舞台にしたTVドラマなどでも、登場人物がしばしば「孫子」の中の文句を口にする。

「孫子」は、人の名前であると同時に、その著作名でもある。本人は中国、春秋時代の軍略家で、その生涯はつまびらかでない。今に残る十三篇は、魏《ぎ》の曹操《そうそう》の編集になるという説もある。

「一国の大事は兵にあり」とする立場から、戦いのすべての分野にわたって、名言、格言を見事な文章でつづった。兵法書の古典中の古典とされているが、経済戦争、競争社会におけるハウツウものとしても愛読者が少なくない。アメリカ人には、ことに「孫子」のファンが多いようだ。

「始めは処女の如く――」のフレーズは、てっきり西欧の格言だとばかり思っていたが、「孫子」が出典だと知って、ちょっとびっくりした。以前から婚活、処世のテクニックとして知られる名言である。

最初は弱々しく、風にも耐えぬ風情で男性の優越感をくすぐり、いざ勝負となれば一気に主導権をうばう。

はたして今の女性にふさわしい戦略かどうかはわからないが、ビジネスの世界ではよくある話らしい。ちょっとボケの入った初老のおっさんを演じるのも、面白いかもしれない。

逃げ脚が速いことが大事、と誤解している人もいるが、実はかなり積極的な戦法なのだ。

# 日本はフラジャイル・カントリーである

松岡正剛《せいごう》

## もう一つの「この国のすがた」

これは松岡正剛さんの『日本流』（ちくま学芸文庫）の中の言葉である。

フラジャイルなどと言われても、私は最初、なんの事だかよくわからなかった。松岡さん自身の言葉を借りれば、それは「壊れやすく傷つきやすい感覚」のことだという。

自然環境からしても、地政学的にも、また情報や文化のあり方にしても、この国は不安的で傷つきやすい国である。「これが日本の真の姿である」というのが、その主張だ。

　この文庫のもとになっているのは、二〇〇〇年の春、9・11の一年以上前に刊行された同名の著作である。大正時代の童謡運動から説きおこされるこの日本文化論は、すぐれて予感的であることによって歴史に残る日本論の一冊となった。

「（前略）地震や台風がいつくるかわからないだけでなく、いつ不景気がくるかわからないし、いつ原子力発電機能や産廃機能がおかしくなるかもしれません。（後略）」

　そんな観点から孫悟空のように古代から現代まで、国学から演歌・童謡まで、善阿弥《ぜんあみ》から藤本晴美まで、自在に飛び回る松岡正剛さんは、まさに「知の怪人」としか呼びようがない。

　平安末期から鎌倉時代にかけて、隠遁《いんとん》というのは、時代の先端をゆくライフ・スタイルであり、当時の知識人の憧れの的だった。山に隠れるのではなく、山を降りて市井《しせい》に身をおくのが隠遁者の道である。メディアの中に隠遁するのも、日本流の一つの形なのだ。

鎌倉時代の仏教を語る上では、親鸞はほとんど無視しても差し支えないマイナーな存在である

末木文美士《すえきふみひこ》

## 感動的な小さな火種

これは末木文美士氏の『増補 仏典をよむ 死からはじまる仏教史』（角川ソフィア文庫）の親鸞に関する記述の一節である。

一読、目を疑うような読者も少なくないことだろう。親鸞といえば、当時の仏教史上に巨大な影を落とした存在というイメージがあるからだ。末木氏は続けてこう書く。

〈（前略）しかし、その小集団が堅固な団結によって中世の混乱の中を持ちこたえ、蓮如によって一気に巨大勢力にのし上がり、一向一揆を起すに至る。そして、江戸時代における浄土真宗の定着を基盤に、近代になって、それまでほとんど顧《かえり》みられることのなかった『歎異抄《たんにしょう》』の流行を手がかりに、親鸞の思想が大きく着目されるようになったのである。（後略）〉

鎌倉新仏教という言葉によって、私たちのイメージは強く染めあげられている。念仏の思想が、当時の一大潮流として一世を風靡《ふうび》したかのように感じるところがあるのだ。

しかし、かつてユダヤ人社会にイエスという人物が当時の宗教を批判し、処刑されたあとに弟子たちの間に復活信仰が高まり、やがてその信仰がキリスト教として世界宗教にまで発展したのと同様、親鸞の存在が当時マイナーなものであっただろうことは疑う余地がない。むしろそのことによって親鸞の思想は感動的なのである。

明治に再点火された親鸞への関心は、いまコロナの季節のなかに、さらに加速しつつあるかのようだ。

「脱」は現場から逃げること
「超」はそこを突き抜けていくこと

松永伍一《ごいち》

## 時代とどう向きあうか

これは故・松永伍一さんとの「紀行対談」のシリーズの中で浮かびあがってきた言葉である。北海道から九州まで、旅をしつつ語りあうという面白い企画だった。

松永さんは詩人であり、私は小説家である。その視点のちがいがとても刺激的で、いま思い返しても「あの頃は良かった」と、ふと思ってしまうのだ。

この松永さんの発言は、博多で夢野久作や川上音二郎などの故地を歩いているときに出た寸言《すんげん》である。谷川雁《がん》や黒田喜夫《きお》や森崎和江などについて語っていた折に、ふと「脱」じゃだめなんだ、と独り言のように松永さんが呟いたのだった。

「ここが駄目なら　むこうがあるさ」

というのはよくない、と、ふだんの温厚さとは裏腹《うらはら》の、つよい口調でもらしたのである。谷川雁が『東京へゆくな』という詩を書いたことを松永さんは評価していた。

「日本、日本といったらすぐに飛鳥や万葉集にもどるようじゃ駄目なんだ」

と、松永さんが呟いたときの表情を昨日のことのように思い出す。

ちょうどその頃、しきりに日本回帰ということが騒がれていたことに、松永さんはどこか苛立《いらだ》っている気配があった。「脱戦後レジーム」という掛け声がかまびすしい昨今、松永さんが存命だったらどんな発言が聞けたのだろうと、残念でならない。

# 目は口ほどに物を言い

ことわざ

## マスク・コミュニケーションは無理

戦時中の歌ではないが、「どこまで続くぬかるみぞ」である。デルタ株からオミクロン株と、新型コロナの粘り腰にはうんざりするしかない。

このところ人と会う時に、マスクを外したことがない。名刺を交換しても、相手の顔を憶《おぼ》えられないのは困ったことである。マスクをしたまま喋っていると、表情で相手に気持ちを伝えることができない。わずかに目に物を言わせるしかないからだ。

そこで問題になるのは、目の表現力である。古来、目は口ほどに物を言い、などというが、はたして目単独で十分にこちらの気持ちを表現できるのだろうか。

目千両、などという古い言葉もあるとはいえ、やはり感情を表現するには、顔の下半身、いや下半分の協力がないと無理ではないかという気がする。

顔面の上半分でこちらの気持ちを伝えようとしても、どこかに無理がある。そもそも私たち日本人は、会話をするとき真っすぐに相手の目を見ることに不慣れなのだ。なんとなく失礼な気がして、視線真っ向勝負というわけにはいかない。

いくら視線に感情をこめても、目だけでそれを伝えることは不可能である。マスクをしたまま挨拶した相手とは、次に会ったときも、どこかよそよそしい感じがする。オンラインもそうだ。俺の目を見ろ、なんにも言うな、というのは昔の歌の文句でしかない。

そういう時代なのだ。

## 汝《なんじ》が性《さが》のつたなきを泣け

松尾芭蕉

### 人に人を救うことはできるか

『野ざらし紀行』のなかに出てくるこの言葉に触れて、最初、異様な感じを受けたものだった。芭蕉という人物が恐ろしくなったのである。

富士川ぞいに旅していると、あわれな泣き声がきこえる。道端に赤子《あかご》が捨てられていて、しきりに泣いているのだ。

中世では捨て子や人さらいなどはめずらしくなかった。「女盗《と》り子盗りは世のならい」といわれたものである。江戸時代になると、間引きや、捨て子が多くなる。口減らしというか、幼な児を養育できなくなる人びとが増えてくるのである。秋風のなかに泣く子を見て、芭蕉はどうしたか。

「露計《つゆばかり》の命待つ間と捨置《すておき》けむ」

この子の命は明日までもつであろうか、と、「袂《たもと》より喰物《くいもの》なげてとおる」のだ。そして一句吟じるのだから凄い。

「猿を聞く人　捨子《すてご》に秋の風いかに」

風いかに、などといわれても返答に困る。その後につづく文章もおそろしい。

「汝ちゝに悪《にく》まれたるか、母にうとまれたるか。ちゝは汝を悪むにあらじ、母は汝をうとむにあらじ。唯これ天にして、汝が性《さが》のつたなきを泣け」

おまえの宿業《しゆくごう》というか、身の不運を泣くしかあるまい、という。これを冷たいと見るのはまちがいだと、おおかたの論者はいう。たしかにそこで拾いあげても、どうしようもないのだから、人は人の存在を嘆くしかないのだ。そういわれれば返す言葉はない。しかし、なあ。

# 日本人は悲しみを忘れるために歌うのではない

見田宗介《みたむねすけ》

## 悲しみを対象化する歌

一般に歌謡曲、演歌のたぐいを歌う行為は、知識人から批判の対象となることが多い。センチメンタリズムやナルシシズムにどっぷりひたって、自慰的な感傷に溺《おぼ》れる傾向が厳しく否定されるのだ。

しかし、悲しい歌を歌う人びとが、実社会において弱者に属するかといえば、必ずしもそうではない。むしろ強欲な成功者が悲しい歌、哀切な歌を好む場合が少なくないのである。竹内整一氏は、唐木順三や三木清などの感傷批判の例をあげつつ、その一方で見田宗介の異論を紹介してそのことを語っている。

見田宗介は、悲しい歌を歌う日本人は、その感情に身をまかせているのではない、と指摘するのだ。悲しい歌を歌うことで、むしろ反対に自己の悲哀をいっそう深め、純粋化し極限化し対象化することによって、不安の深淵の底をたしかめ、心の動揺を収束する機能が大きいのではないか、と言う。顔を歪《ゆが》めて『哀愁波止場』を歌い、歌い終わるとガハハハと大笑いするオッサンたちに感傷の蔭《かげ》など全然ないのである。

センチメンタルな歌謡曲を歌うことは、そこに溺れることではない。まして時代は、感傷とか悲哀などという情感をほとんど無視して、あっけらかんとした明るさが支配的である。乾いた時代には乾いた音楽、というのは、むしろ幼児的だ。私たちが求めるのは、むしろ新しい抒情《じよじよう》のかたちではあるまいか。

# 『罪と罰』のどこが可笑《おか》しいんだろう

河野《こうの》与一

## ドストエフスキーの読み方

これは井伏鱒二さんが大学生時代を回顧して書いているエッセイの中で紹介している河野与一の言葉である。

早稲田の学生で文学青年時代の井伏鱒二に、仲間の青木南八という青年が、忠告した。日本文の翻訳でドストエフスキーをいきなり読むと深刻癖になるから危ない、というのだ。

まずチェーホフからはいって、プーシキンを読み、トルストイを読み、その後にドストエフスキーを読め、という忠告である。

そして、日本文ではドストエフスキーのユーモアが訳せないのだ、とも言った。それを受けて、「いつか河野与一さんも言っていたが――」と、井伏さんは書いている。

〈河野さんのロシア語の先生をしていたロシア人は、ドストエフスキーの『罪と罰』を読みながら、くすくす笑っていたそうだ。「どこが可笑しいんだろう」と河野さんが言った〉

青年時代の井伏さんが抱いた疑問は、私がドストエフスキーについてずっと思ってきた疑問と同じである。

私たちは「くすくす笑いながら」ドストエフスキーを読むということが、あまりないのではあるまいか。

〈どこが可笑しいんだろう〉

と、首をひねりながら『罪と罰』をくり返し読む当時の文学青年の姿が目に浮かぶ。いまもその見えない壁は消え去ってはいない。笑いよりも、ため息がもれてくる感じがする。

# 美人には同性の友はできない

ショーペンハウアー

## 〝おっしゃる通りではありますが…〟

まったく身も蓋《ふた》もないことを平気で言う人だ。ショーペンハウアーは十九世紀の厭世《えんせい》的風潮に大きな影響をあたえた哲学者だというが、リアルすぎて顔をそむけたくなるような言葉を数多く残している。

人が自然に受け入れるのは、尊敬よりも優越感であるという。男性ならすぐれた精神、そして女性なら美貌《びぼう》が、障壁となるというのだ。

人は暖かいストーブや、日向《ひなた》に吸いよせられるように、心地よい優越感をあたえてくれそうな相手に接近する、と彼は書く。

ショーペンハウアーの言葉には、当時の社交界に対する反感がまざまざと反映されているようだ。

「男は自分より背の高い男よりは背の低い男と並んだ方が確かに好《よ》い気もちにはなるけれども、肉体的な長所は男の場合にはたいして問題にならない。従って男の間では馬鹿で無知な者が、女の間では醜い人が、一般に人気があり、一般に求められる。彼らはすぐに、とても気のいい人だという評判をとるようになる」（橋本文夫訳／『幸福について』）

ショーペンハウアーの見方は、いささか一面的すぎるように感じられるのだが、どうだろうか。彼の生きた時代と社会に対する批判が、このような言辞《げんじ》に反映しているのかもしれない。それでもその言葉に惹かれる現代人は少なくないだろう。

# 文学者は一種の病人なのだ

内村剛介

## 教科書にのる栄光と悲惨

文学はひとつの病《やまい》だと思う、と内村剛介は書いている。

つづけて、健康な者が文学病人に興味をもつことがあるにしても、それは自分の健康をたしかめるよすがなのだ、と彼は言う。

さらに、「文学者を学識経験者に数える世の中は、よほどいかれている」と断言する。

最後には「文学者がのさばったり、はびこったりする社会はダメな社会だと思ったほうがいい」とまで書く。

これは宮澤賢治についての文章の一部だが、賢治が、生前、文学仲間からは認めてもらえなかった、という論旨からはじまる『現代のこどもと賢治』という小論の一節である。

賢治は文学者以上の何者かである、と内村剛介は言う。

シベリア抑留という体験ののち、帰国して数多くの文章を書いた内村にしては、驚くべき素直なオマージュだ。

宮澤賢治については、私も教科書ふうにではない関心を抱いていた。『雨ニモマケズ』という賢治みずからがつけたのではない題名にも、ずっと違和感をおぼえていた。

内村の目からすれば、教科書に収録された賢治の作品は、「動きのとれぬ剝製《はくせい》の姿」のように映るらしい。たしかに一人の詩人から宗教や思想を切り離す清浄化は、どこか不自然なものを感じさせずにはおかない。生きた宮澤賢治の姿を模索する内村には、文学者は病人である、と感じられて当然だろう。

物事は行き過ぎる位にやってちょうどいい所で止まる

毛沢東

## ハサミと格言は使いよう

一九五〇年代、毛沢東の『文芸講話』という本が大流行したことがあった。私の学生時代のころの話である。

その中にこんな文句があって、なぜか頭の奥に居座って離れない。『文芸講話』自体は、何が書いてあったかすっかり忘れてしまった。だが、片々たる一行がいまだに記憶に残っているのはなぜだろう。

そもそも東洋の思想は中庸《ちゅうよう》というのが基本である。行き過ぎをいましめるのが常道だ。「過ぎたるは及ばざるがごとし」とか、「腹八分」とか、ほとんどが行き過ぎないことを美徳とする。

この伝統に対して、毛沢東は傲然《ごうぜん》と反論する。やり過ぎるくらいにやれ、と。

たしかに文化大革命をはじめとして、やり過ぎが横行した。いくらなんでも、と眉をひそめるような出来事も少なくなかった。

さて、それでちょうどいい所におさまったのか。いろんな見方があって、まだ歴史の判断はくだされてはいない。

物事は慎重にすすめるべきである。用心してし過ぎることはない。そう言いきかせながら、つい度を超してしまうのが私たちの日常だ。

本当は慎重と大胆を使いわけて暮らすのが理想だろう。しかし、どちらかに偏《かたよ》るのが人間というものだ。どうせ偏るなら、いっそ自信をもって堂々と偏るほうがいい。毛沢東はそう言いたかったのではあるまいか。

# 学者だけに歴史を語らせるべきでない

マイク・モラスキー

## 戦後の歴史はジャズの歴史だった

日本文化について語る外国人の論客や研究家は少なくない。しかしなぜか戦後のこの国の文化の変容に目を向けることを、無意識にか意識的にか、避けているような感じがする。それは戦後七十数年を経たとはいえ、生乾きの現実が歴史の枠組みに固定化されていないからだろう。

そんななかで、マイク・モラスキー氏は唯一、流動的な戦後日本の状況について大胆に語る希有《けう》な存在だ。戦後日本におけるジャズ音楽の受容という視点から、彼は多くの日本文化研究者たちと全く異質な分析をこころみている。

進駐軍放送やLPレコード、そしてジャズ喫茶などを通して、私たち戦後の青年たちは深い精神的刻印を受容してきた。ジャズ的感覚をもって政治を相対化し、即興演奏のスタイルを生き方に反映させてきたのだ。それは音楽の技法というよりは、人生の選択にかかわる問題だった。モダン・ジャズの全盛期に、私があえて古風なディキシーランド・ジャズに拘泥《こうでい》したのも、そのせいだったような気がする。

ポスト・モダンよりもプレ・モダンを、アートよりもエンターテインメントを、という志向は単なる体質ではない。ヨーロッパ人にとってのジャズは音楽であったかもしれないが、私たち戦後の日本人にとって、それは音やリズムのかたちをとった思想だったのである。

明治以来のさまざまな日本人論、日本文化論のなかで、もっともジャズ的な方法を駆使して書かれた一冊が、この『戦後日本のジャズ文化』(岩波書店)だと思う。

松明《たいまつ》のように燃えている大きな星が
天から落ちてきた。
この星の名は「苦よもぎ」という

ヨハネの黙示録

## 人々の視線のゆくえ

チェルノブイリ（チョルノービリ）という地名は、ウクライナ語で「苦《にが》よもぎ」を意味する。しかし、私たちはロシア軍の侵攻以後、いつのまにかチェルノブイリの悲劇を遠い記憶のように感じているようだ。

ウクライナを、ヒマワリの花と広大な麦畑の牧歌的な国と考えている人々も多い。しかしウクライナはかつてソ連圏最強の武器製造工業国でもあった。

それと同時にさまざまな宗教のるつぼでもある。チェルノブイリの惨事のとき、ウクライナの人々はこぞって教会に殺到したという。「ヨハネの黙示録」に記されている言葉は予言的だ。

〈第三の天使がラッパを吹いた。すると、松明のように燃えている大きな星が、天から落ちてきて、川という川の三分の一と、その水源の上に落ちた。この星の名は「苦よもぎ」という〉

『ロシア正教の千年』（廣岡正久著／講談社学術文庫）に紹介されているウクライナの宗教事情は、ウクライナ戦争が単なる領土をめぐっての覇権争いではないことを暗示している。

ウクライナは科学と宗教のるつぼなのだ。かつてバンドゥーラをかなでつつ吟遊詩人が遊行した国土は、ロケット弾のとびかう戦場となっているが、いま（二〇二四年）世界の関心はパレスチナの悲劇に向けられているようだ。しかし、ウクライナから視線をそらすべきではない。

# なるべく難しい言葉や専門用語を使わない

田原総一朗

## テレビ画面の背後には

田原総一朗さんは、高齢社会の希望の星である。

いまどきの若いアナウンサーのように、早口で歯切れよく喋らなくても、言わんとするところはちゃんとテレビを視《み》る人に伝わっているからだ。

「朝まで生テレビ!」(テレビ朝日系)は、この国のテレビ史に残る番組だろう。画面に映る田原さんの背後には、かつての歴戦の出演者の生霊《いきりょう》が、肩を並べて浮かんでいるのが見えるのだ。

今を去る七十年あまり前、貧しいアルバイト大学生として私が住み込んで働いていた職場に、入れちがいではいってきた学生が、若き日の田原さんだったらしい。

一九五〇年代のはじめの頃である。当時、住居と食事が確保できる〈住み込み〉の仕事が、どれほど有り難かったことか。

それから昭和、平成、令和と、月日は流れ時は逝き、お互い超後期高齢者としていまだに日々の生業《なりわい》を続けている。

マシンガンのように本を送り出す田原さんの『堂々と老いる』（毎日新聞出版）のなかにみつけたなんでもない言葉に、びしりと鞭《むち》打たれたような気がした。

対談や雑文のなかで、いかにも賢《さか》しげに〈チャットGPT〉だの〈アンラーン〉だのと、流行りの言葉をはさんだりする自分が恥ずかしくなったのだ。

それにしても、この題名はすごい。田原さんは、これから老いる気らしいのだ。

# 「三トル」のすすめ

帯津《おびつ》良一《りょういち》

## 常識と良識のあいだには

私が尊敬している医師のお一人が帯津良一さんである。

常識からすれば、医師には「先生」という敬称をつけるべきなのだろうが、私にとっては「さん」が最高の敬称なのだ。

そのドクター帯津が、すすめておられるのが「三トル」の提言である。これが意表をついた発想で、すこぶる刺激的だ。

「三トル」とは、

「距離をトル　マスクをトル　水分をトル」

の三つのすすめである。これは熱中症対策の一つとして、専門医からも推奨されている方策であるらしい。

近著『八十歳からの最高に幸せな生き方』（青萠堂）の中で、帯津さんは、こんな大胆な発言をなさっている。

〈マスクを過信するのは間違いです。新型コロナウイルスは通常のマスクの繊維の間を簡単に通り抜けます。ですからマスクでコロナを防御することはできないのです〉

そこで、どうしてもマスクをするのなら、鼻を出してマスクをすることを提言しておられるのだ。

〈呼吸法の基本は鼻で吸って吐くということですから、鼻がマスクの外に出ていれば、しっかりとした呼吸ができます。（中略）また、飛沫《ひまつ》を飛ばすのは口からですから、口さえマスクで覆《おお》っておけばいいのです〉

「三トル」のすすめには世間の常識を笑いとばす力があるような気がするのだ。

表現は必ず言語に依るということ、
これは明らかに事実とは反している

柳田國男

## マスクごしの泣き声とは

柳田國男に『涕泣史談《ていきゅうしだん》』という文章がある。

人間が泣くということの歴史についての考察だが、もとはどこかの講演で話したことであると聞いた。その内容に手を入れて発表したものであるらしい。

あたりで人が泣いているのを聞くほど、いやなものはない、と書きながらも、近年、人の泣き声を聞くことがめっきり少なくなった、と彼はいう。

〈（前略）特に大切だと思われる一つは、泣くということが一種の表現手段であったのを、忘れかかっているということである。（後略）〉

と、柳田は言う。

日本人は眼《め》の色や顔の動きで、かなり微細な心のうちを表出する能力をそなえている。泣くことが人間の感情表現の重要な働きであることを忘れてはならない、と彼は述べているのだ。

コロナの蔓延《まんえん》以来、私たちはほとんどの生活をマスクをつけたまま行ってきた。いまは髪の形と、眉と目の動きで相手の気持ちを判断しなければならない。

涙にはマスクは似合わない。

マスクをつけて泣くというのは、一体どのような感じなのだろう。「目は口ほどにものを言い」とはいいながら、喜怒哀楽の感情はマスクごしには十分に伝わらないような気がする。コロナ禍が去ったあと、私たちは再び人間的な泣きかたにもどることができるのだろうか。

## あなたが小説を書きたいと志しているなら、あたりを注意深く見回してください

村上春樹

### 日常生活のなかの冒険

これは『職業としての小説家』（新潮文庫）の中で村上春樹が語っている言葉である。この本の中で村上春樹は驚くほど率直にみずからの創作の姿勢を明かしている。その率直さは、彼の三十五年にわたる小説家としての確信に支えられているだけに、作家を志望する人びとだけでなく、私たち既存の職業作家にとってもきわめて刺激的だ。

ヘミングウェイのように戦争や闘牛やハンティングのような体験がなくても、自分の内面から物語を紡ぎだす道があるのではないか。彼は言う。

「自分のまわりで自然に起こる出来事や、日々目にする光景や、普段の生活の中で出会う人々をマテリアルとして自分の中に取り込み、想像力を駆使して、そのような素材をもとに自分自身の物語をこしらえていけばいい」

それは「自然再生エネルギー」みたいなものである。ドラマチックな体験を持たない人でも小説は書けるだろう。小説の素材はわれわれの身のまわりに無限に転がっている。「健全な野心を失わずに」あたりを注意深く見回すことが大事なのだ。

世界はつまらなそうに見えて、実に多くの魅力的な、謎めいた原石に満ちている。小説家とはそれを見いだす目を持ち合わせた人々のことだと彼は言う。

作家をめざす若者に語りかけていることが、同時に彼の創作の原点を解き明かしているようにも思われて興味深い。

# 人は記憶力とともに忘却力を持っている

立川談四楼《たてかわだんしろう》

## 忘れることから人生が始まる

私は人の名前を忘れる天才である。

仕事で対談をしているさなかに、お相手の名前を忘れたりする。母親の名前を聞かれて、とっさに答えられないこともあった。そんな私にとって立川談四楼さんのこの言葉は、腹にグッときて離れない名文句だ。

これは『落語家のもの覚え』（立川談四楼著／ちくま文庫）という秀逸な本の〈まえがき〉のなかで、作者が述べている言葉である。忘却力、なんという頼もしい発想だろう。この〈まえがき〉に惹かれて〈あとがき〉まで一潟千里《いつしやせんり》に読んだ。立川さんは芸歴五十年の落語家であるとともに、卓抜な文筆家でもある。口と筆との二本差しだから斎藤緑雨《りよくう》もかなわない。

この文庫本一冊に表現者の秘密がぎっしりつまっている。巻をおくあたわず、というたまらない本だ。明治の頃の若い衆なら、「どうする、どうする」とおらび出しただろう。立川談志ほか、落語界の天才たちの人物像がさらりと描写されていて、それがかえって鮮やかな記憶として残った。たぶんこの本に登場する群像の記憶は、なみの忘却力では歯が立つまい。落語家の呼吸に作家としての描写力が重なって、こんなべらぼうに面白い本が生まれたのだ。

物を忘れることは人間の終末ではない。そこから出発する世界のことを作者は語っている。忘れる、という存在の仕方もあるのだ、と、私はこの言葉に励まされた。

# 第五章　名言は百薬の長

# 羹《あつもの》に懲《こ》りて膾《なます》を吹く

ことわざ

## 用心にこしたことはない

アツモノというのは、熱い料理のことだろう。それくらいはわかる。ナマスというのは何だろう。たぶん冷たい料理の一種ではあるまいか。

ホットな料理をいきなり口に運んで、「アッチッチ！　アッチッチ！」となるのは、よくある失敗だ。私などセッカチなので、しょっちゅうヤケドをしそうになる。それにこりて、アイスクリームまで息を吹きかける必要はない、という話だ。

とかく用心にこしたことはない。

いま話題のセクハラ、パワハラ問題にしてもそうだ。なにか余計な親切心を出しては
マズイことになりそうだ、ここは知らんぷりをしておこう、と、誰もが用心深くなる。

若くてキレイな女性が転んでも、手をさしのべて変なふうにとられるとヤバイ。とり
あえず見て見ぬふりをして通り過ぎよう、ということになりかねない。

激励《げきれい》の意味で女性の肩を叩くのもアウト。

「きょうは綺麗《きれい》だね」

と、余計なお世辞を言うのもマズい。

「いつもはミットモないとおっしゃるんですか」

などと問いつめられたら大変だ。

「きょうも綺麗だね」ならいいのか、といえば、そうはいかない。

「見かけだけで仕事はできない、とおっしゃってるのね」

と、居直られる危険性もなきにしもあらずだ。〈見ザル言ワザル解《わか》ラザル〉に徹するべし。

# 石に漱《くちすす》ぎ流れに枕《まくら》す

晋書《しんじょ》

## 強情で誤りを認めない人

有名な言葉だが、それが「負け惜しみ」の強いキャラのことだとは私もよくわかっていなかった。

かつて孫楚《そんそ》という人物が、まだ若いのに隠居すると言いだした。

そのたとえに、「石に漱ぎ流れに枕せん」と、気取った言いかたをしたのだが、それは間違いで、本当は〈石に枕し流れに漱いで〉、悠々自適の生活をおくりたい、というのが正しいのである。

そもそも石で口をすすぐことなど、できはしない。流れを枕に、というのもナンセンスである。

友人から、その間違いを指摘された孫さんは、どう応じたか。

負け惜しみの強い人物だけに、自分のミスを認めようとしない。そして強弁する。

「流れを枕にするというのは、耳を洗うためである。そして石で口をすすぐのは、汚れた歯をみがくためなんだよ」

こういうタイプは、私たちの周囲に、けっこういらっしゃるものだ。

自分のミスを認めない。それに何かこじつけを言いたてて、無理を承知の弁解を押し通そうとする。

夏目漱石は、どういうつもりでそのペンネームを選んだのだろうか。

〈枕流《ちんりゅう》〉という選択もあっただろう。しかし〈漱石〉を名乗ってよかった。夏目枕流、ではコント作家のような感じがするではないか。

ゴルフだけが私の人生のすべてというわけではない

ジャック・ニクラウス

## 虚実皮膜《きょじつひまく》の間に生きるプロ

世界のゴルフ界で「帝王」と呼ばれたのはジャック・ニクラウスだけである。

そのプレーぶりには一種の凄味が感じられたものだった。私はゴルフにはくわしくないが、ニクラウスの身辺には風格というか、なんとなく威厳が漂っていたように思う。

その彼がインタヴューに際して答えたなかに、右に掲げたせりふがあった。

とかく日本的なスポーツ観からすると、「すべてを託する」ことが高く評価されがちである。スポーツだけでなく、アートや芸能の世界でもそうだ。「この道ひと筋」とか、「命を懸けて」とかいった姿勢が賞賛されることが多い。

しかし、ニクラウスはプロである。プロというのは、職業であり、見せ物である。最高のパフォーマンスを行うためには生命を削ることも辞さないのがプロというものだ。しかし、それが人生のすべてであるというのは、美しくはあっても、はたしてプロといえるだろうか。

米国のメジャーリーグでの大谷翔平選手の活躍ぶりは驚異的だ。しかし、彼の凄さは、そこに命ギリギリ懸けてます的な切迫感がないことだろう。テニスの大坂なおみにしても然《しか》り。

プロとしての実力と、人間としての存在感との間に余裕があればこそ、ニクラウスは「帝王」と呼ばれたのではあるまいか。

真のプロとは、虚実皮膜の間に生きる怪物のことだと、あらためて思わずにはいられない。

大声を出したり、
身ぶりをまじえたりすることは、
聞き手に圧力をかけることになる

マハトマ・ガンディー

## 東洋の話術と西欧の話術

最近、大きなゼスチュアをまじえて話をする人が多くなった。成人向けのカルチュア教室などでも、身ぶりの効用を指導するところが多い。

いかに人を説得するか。演壇で両手を振り回すだけでは足りず、スティーヴ・ジョブズなどの革新的企業のリーダーたちは、ステージを自由に歩き回りつつ聴衆に語りかけた。

アメリカの大学などでは、ディベートを学問として教える授業もあるらしい。欧米に留学して帰国した人々は、おおむね手や表情を活用して雄弁に語ることが多い。

また日常生活のなかでも、友人同士の会話で両手をしきりに振り回して話す風景もしばしば見受けられるようになった。大声とゼスチュアは、語りかける相手にプレッシャーをあたえる。まさにそのことを目的とした手法なのだ。

私はときどき大きな身ぶりで語る人を見ると、語彙《ごい》が貧しいのだろうかと思うことが少なくない。野心的な新しい企画などを、大袈裟《おおげさ》に身ぶり手ぶりを交えて語られると、なんとなく眉に唾《つば》をつけたくなってくるのは古すぎる感覚だろうか。

視覚的効果は、感覚の表面に刺戟《しげき》をあたえるだけだ。言葉の不足をゼスチュアでおぎなうより、言語表現の技術を磨くべきだと思う。とはいうものの、世の中は一路、欧米化が進んでいる。ゼスチュアの大きい政治家が増えてくるにしたがって、政治不信もつのる一方だ。

# 俺は俺の高い空を見つけてやる

岡田武史

## 世界のなかの日本人

高校生のとき日本ユース代表にも選ばれた岡田さんだが、大学受験のときはスポーツを踏み台にはしなかった。一度は失敗したが再挑戦して早稲田の政経に合格したのだ。「サッカーは大好きなんですけど、サッカーだけだと思われるのは嫌だ」という。

若い頃、トルストイの『戦争と平和』を読んで感動する。戦場で倒れた主人公のひとりアンドレイ公爵が、流れる雲と高い空を見て思索《しさく》する場面である。

地上で戦って命のやりとりをしている人間の空《むな》しさ。この高い空以外は、すべて偽《いつわ》りでしかない。その部分を読んだ岡田青年は、「そうだ、俺は俺の高い空を見つけてやる」と決意するのだ。

またローマ・クラブの『成長の限界』を読んで、地球の環境問題に取り組んでみようと考えたり、映画『カッコーの巣の上で』を観て、マスコミに入って社会正義を追求しようと思ったりするという多感な若者だった。

四国リーグを指導しながらも、地方の活性化とスポーツの振興を一体として考える素地は、たぶんその辺にあるのだろう。

サッカーは文化である。グローバルなスポーツでありながら、その国の民族性と深くかかわる。ドイツ留学の経験をもつ岡田さんは、インターナショナルな視点をもつと同時に、どうしようもなく日本人でもある。この国のサッカーがどこへいくかは、オカちゃんの双肩《そうけん》にかかっている。

# ポルノは大人の童話である

開高 健

## 証人にチャットGPT?

一九七二年に「四畳半襖の下張」という作品が、雑誌『面白半分』に掲載された。わいせつ文書販売容疑で関係者が摘発され、七三年に東京地検に起訴されてからの裁判は、〈四畳半裁判〉として世間の注目を集めることとなる。

公判開始が七三年秋、以後一九七六年まで三年にわたって十五回の公判が開かれ、丸谷才一をはじめとして十四人の証人が証言をおこなった。

弁護側証人として出廷し、意見を述べたのは、井上ひさし、吉行淳之介、開高健、中村光夫、金井美恵子、石川淳、五木寛之、田村隆一、有吉佐和子などの作家、批評家たちだった。

このときの記録は、『作家の証言』（丸谷才一編／栗原裕一郎解説／中央公論新社）として刊行されている。

そのなかで、開高健は独特の文学論を展開して、しばしば意表をつく発言をくりひろげたが、そのなかの一節が、

「ポルノは大人の童話」

という言葉である。

いかにも開高健らしい発言だが、たしかに「四畳半」には、その趣はある。スポーツ小説のようだ、という感想もあり、また女性蔑視の文脈ではないかという指摘もある作品だが、当時のジャーナリズムの反響は大きかった。

いまはその時代の熱気というものは、ほとんどない。そのうち証人としてＡＩが出廷することになるのかも。

うれしい
でも、ちょっと淋しい

大坂なおみ

## 新しい日本人誕生の予感

甲子園の金足《かなあし》農高チームに続いて、日本国民の視線を集中させたのは、全米オープンでの大坂なおみ選手の決勝進出だった。

見事に優勝をかちとった大坂選手が、テレビのインタヴューでもらしたのが、このひとことである。たどたどしい日本語だけに、かえって真実味があったのだ。

テニスプレーヤーを志した少女時代から、セリーナ・ウィリアムズ選手は彼女の目標であり、アイドルでもあったという。すぐれた才能は常に先行する目標を追い求めることで開花する。たぶん大坂選手にとってS・ウィリアムズという存在は最大の努力目標だったにちがいない。

当日の試合では、常勝の女王、S・ウィリアムズはしばしば激情を爆発させた。そんなとき大坂選手は、どこか当惑したような気配を見せていた。

永遠のヒロインが敗れたとき、観客席から湧きあがったブーイングは、去りゆく女王を送るフューネラルマーチのようなものだったのだろう。そのときのなんとなく哀しげな大坂選手の姿が、私には印象的だった。

「うれしい。でも、ちょっと淋しい」

というのは、年来の目標を超えた一人のアスリートの、正直な感情の流露《りゅうろ》である。民族の条件は血ではない。言語でさえもない。彼女の登場は新しい日本人誕生の未来を予感させる。スポーツの嫌な面だけが露呈する昨今、すがすがしい気持ちをおぼえさせる事件だった。

# 負けるが勝ち

ことわざ

## ウクライナの場合は

長く言い古されたことわざの中には、なるほど、と膝《ひざ》を叩いて納得する名言と、どう考えても疑念を抑えきれない迷言がある。

この「負けるが勝ち」という言葉も、あまりにも耳になじみ過ぎて、ふだんは何とも思わず聞き流しているが、よく考えてみるとふと首をかしげたくなる感じがないでもない。

「広辞苑」によると、「強《し》いて争わず、相手に勝ちを譲るのが結局は勝利となる」と、わかりやすく解説してあるが、はたしてどうだろうか。

ロシア軍の侵攻を受けたウクライナは、徹底抗戦の道を選んだ。もし「負けるが勝ち」の道を選択したとすると、その結果はどうだろう。

長期の視点から見ると、負けたほうが実は勝ったことになる場合もないではない。しかし、一時的にせよ、負けは負けだ。国家百年の計を考慮に入れたとしても、やはり敗北は歴史的現実である。

「損して得とれ」

などという表現もある。相手の無法を泣く泣く受け入れたとしても、結局はプラスにもっていこうという発想だ。

しかし、「負けるが勝ち」という非現実的な教えが、時空を超えて今なお生き続けていることを考えると、何かがそこにあるような気がしないでもない。さて、この言葉をどう生かすか。それとも捨てるか。それが問題だ。

## 町中《まちなか》でポケットに手を入れないように

### 黒人青年の母親の教え

### 大国アメリカの光と影

これは先ごろの日本経済新聞「春秋」欄に紹介されていた、黒人青年が母親から受けたというアドバイスの一つである。

十八歳の黒人青年は、子供のころ母親からいくつかのことを教えられたという。大事な命を守るためのルールだ。

まず、町中でポケットに手を入れないこと。

店で買わない商品を手に取らないこと。

そのほか、警官に質問されたときに決して反論したりしないこと。

黒人の母親が暮らしのなかで学んだ生き残る術《すべ》を、息子に教えようとしたのだろう。

ジャンパーのポケットに手を入れていると、なにか武器を隠し持っていると思われかねない。事実、そういうケースもあるかもしれない。それはとても危険なことだ、と自分の身近な経験から母親は教えるのだ。

二番目も、三番目も、黒人がアメリカで生きていくことがどれほど困難なことかを物語っている。公民権が成立した後も、現実は厳しい。

偏見が根強く残るアメリカ社会は、また一方で多くの白人が参加する抗議のデモが盛りあがる国でもある。ソーシャルディスタンスとは、医療にしても抗議デモにしても、それを超えることが人間的であることを物語っているのではないか。

USAの光と影は深く濃い。

失敗しない人なんているでしょうか？

ドストエフスキー

## 文豪の意外な一面

自ら編集・発行した個人誌『作家の日記』は、彼の作品以上に多くの読者から熱烈な支持を受けた。

ドストエフスキーのところへは、ロシア全土から無数の読者からの手紙が届くようになる。

その差出人の多くは女性であったらしい。人生の教師として、また良心の導き手として、彼女らはドストエフスキーに個人的な教えを乞うたのだ。驚いたことにドストエフスキーは、それらの手紙に対して、可能な限り自分で返事を書こうと努めたという。中には結婚の相手についてアドバイスを求める若い女性もいたらしい。

大学入試に失敗した若者や、結婚生活に疑問を抱く婦人や、さまざまな人生相談が彼のところへ殺到したのである。

それに対してドストエフスキーは、こんなふうに返事を書く。

〈さあ、あなたの手を私に預けて、ほら、心を落ち着けてごらんなさい。失敗しない人なんているでしょうか？　何事も軋轢《あつれき》なくうまくいく人生なんて価値があるでしょうか？〉（ヴィリジル・タナズ著／『ドストエフスキー』）

ドストエフスキーといえば、孤独のうちに深刻な大作をひたすら書き続けた文豪というイメージがあるが、個人的な読者の便りに自筆で返事を書き続ける一面もあったことに驚きを感じないではいられない。十九世紀のロシア文学は、そんな作家と読者との強いつながりの中から生まれたのである。

異性はあなたを裏切るが、筋肉はあなたを裏切らない

アーノルド・シュワルツェネガー

## アメリカ的世界観の行方

正しいトレーニングをすれば、筋肉は正しく発達する。その意味で、筋肉は正直だ。そして、いざという時はその筋肉の持ち主をフィジカルに助けるだろう。キングコングやスーパーマン以来、アメリカ文明は筋肉信仰によって支えられてきた。経済における資本が筋肉で、血液がドルである。

しかし、筋肉も時には、わたしたちを裏切ることがあるのかもしれない。それは過度のマッスル信仰の陥《おと》し穴である。バブルの筋肉ともいえる投資銀行は、筋肉によって成長し、そして筋肉によって破綻《はたん》した。リーマンショックは巨大な筋肉の断裂である。

アメリカ車の魅力は、その強大なパワーにあった。マッスル・カーは、やがてそのオイルがぶ飲みの体質によって世界の自動車産業界から退場する。強大な筋肉は必ずしも肉体のフレキシビリティーとは両立しない。最近では筋肉より骨だ、という声も高まってきた。

とはいえ、私たちの心の奥には巨大な筋肉に対する憧れがひそんでいる。年齢とともに筋肉が減少していく傾向をサルコペニアといい、しきりにその害が報道されている。筋肉は贅肉《ぜいにく》とはちがう。鍛え抜かれた筋肉は美しく、威厳さえ感じさせる。それが男性の象徴であった時代は過ぎ去り、いまや女性の筋肉美が讃美されるようにさえなった。

はたして現代人にとっての筋肉は、どのような意味を持つことになるのだろう。

更年期って、おっぱい下がる。
おしりも下がる。
生理はあがるの

堤《つつみ》　玲子

## パワフルな女性は昔もいた

堤玲子さんは『わが闘争』で衝撃的なデビューをした作家である。『わが闘争』は、すごい小説だった。駅の売店の売り子をしながら書いたという。対談をして、これほど活気のある人はいなかった。最底辺の生活も、堤さんにかかると笑いに昇華するところが凄い。

子供の頃、父親が壺《つぼ》の中に砂糖を入れて隠してあった。父親の留守中に、その砂糖をなめたくて壺を開けると、表面に「大」という字が指で書いてある。そんな小細工に引っかかるもんかと、指で砂糖をなめたあと、もと通りに「大」という字を表面に書いておいた。

父親が帰ってきて、「こいつ、砂糖なめたな」と引っぱたく。

「もとのままじゃろ。〈大〉という字もちゃんと残っとる」

と、抗議すると、父親、笑って、

「〈大〉じゃねえ。わしは〈犬〉と書いたんじゃ」

そんな話が次から次へと飛びだしてきて、笑っているいとまがない。

近年の芥川賞もそうだが、最近、女性の作家の揃《そろ》い踏みという感じだ。しかし、堤玲子さんのようなパワフルな書き手は、そうざらに出てくるものではない。

『わが闘争』は、当時の並みいる男の作家たちを圧倒するようなエネルギーに満ちた小説だった。

# タバコと肺ガンの間に因果関係はない

三石《みついし》 巌《いわお》

## 正統的異論の足跡

三石巌という名前を聞いただけでも、顔をしかめる医学者がいる。苦笑して聞き流す医師もいる。しかし三石さんは分子生物学の専門家であって、医学者ではない。人体を一つの物理化学反応体系として、科学的に追究した専門家である。

三石さんは「気」とか、「霊」とかいったものを百パーセント信用しない。愚直に物理学者として論理を実践するだけだ。医学を含めて、科学が日進月歩の世界であることは、すでに誰もが認めることだろう。権威ある学界の報告も、年ごとに変わる。何十年も前の教科書で医学を勉強した専門家にとって、それは過酷な真実だ。私は体験的に「気」の存在を認めている人間だが、それはカルトの世界とは無縁である。いわば、論理的に「見えない存在」を感じているわけで、三石理論からすれば邪道だろう。そんな非科学的な人間でありながら、三石理論には不思議な魅力を感じてきた。

三石さんはスキーを楽しみながら、九十五歳で世を去った。本人は百二十歳ぐらいまで生きる目算があったに違いない。思うに任せぬのが世の中というものだ。

私は三石さんの説を、三分の一ほど認めている。反対の立場でも、面白いから読む。

三石さんは、かなり重症の糖尿病を抱えておられたそうだ。病気を抱えた科学者の言葉は、どこか違う。面白くなければ科学ではない。病気を抱えた人の言葉には重みがある。

# 目病み女に風邪ひき男

ことわざ

**むかしは風情があったなぁ**

古くからある文句だが、私にはよくわからない。

風邪ひき男、というのは想像がつく。しかしコロナやインフルエンザの時代ともなると、あまり人前には出てほしくないキャラクターである。

いまどき「ちょっと熱がでたみたいだなあ」

などと額《ひたい》を押さえていたりすると、

「あなた、コロナにかかったんじゃない？」

と、女性スタッフに敬遠されるのがオチだろう。

〈目病み女に風邪ひき男〉というのは、要するに、どこか人を惹きつける風情というか、セクシーさがある、という話だろう。しかし、この時節そんなものは流行らない。やはり、健康的な筋骨隆々のマッチョタイプのほうが一般受けしそうである。

目病み女にしてもそうだ。

「きみ、泣いてるの？　なにか辛《つら》いことがあるんなら、ぼくが力になってあげるよ」

などと肩を抱いてくれる男など今どきいないのではあるまいか。

むかしは弱者に対して支配的であることにエロティシズムを感じる、倒錯《とうさく》的な感覚が広く存在した。

しかし、今や時代は強者に有利な状況である。富める者はさらに富み、弱き者はさらに抑圧される。

目を病んでも、風邪をひいても、元気をよそおって笑顔でいないと相手にしてもらえない時代になったのだ。

味気ない世の中である。

# 地球は青かった

ガガーリン

## 省略された言葉の陰に

人類初の宇宙飛行は、一九六一年の四月にソ連のガガーリン少佐によって成しとげられた。当時のソ連国民の熱狂とアメリカ人の落胆ぶりは、あきらかだった。アメリカも翌六二年には有人宇宙飛行に成功して、一矢《いっし》をむくいる。しかし、人類史上最初の宇宙飛行士という栄光は、ガガーリンの名とともに残った。

そのガガーリンの言葉は、当時、世界の流行語として流布した。ロシア文学者の沼野充義氏の解説によれば、メディアは語呂がいいので短いコピーにしてしまったが、実際にはガガーリンはもっと繊細な表現で宇宙から見た地球の美しさを述べているという。

彼はさまざまな青のグラデーションに触れながら、「まるでレーリッヒの絵のようだ」と日誌に書いた。レーリッヒとはバレエ『春の祭典』の舞台美術を担当したことで知られる一種独自の画家だそうだ。彼の青には、どこか東洋の神秘的な気配が漂っているらしい。

『ロシア革命100年の謎』（河出書房新社）で沼野氏と対話している亀山郁夫氏によると、ガガーリンが宇宙空間で最初にうたった歌は、ショスタコーヴィッチ作曲の『祖国は聞いている』という歌だったという。

私は一九六五年の初夏に、たまたまガガーリンと同じ列車に乗りあわせたことがある。ホームに敷かれた真っ赤な絨毯《じゅうたん》に、当時のソ連の熱狂ぶりとその後の変遷を感慨深く思い出さずにはいられない。

# 地球は私たち人間だけのものではない

レイチェル・カーソン

## 私たちが忘れている戦争

レイチェル・ルイーズ・カーソンの『サイレント・スプリング』が出版されたのは、一九六二年のことである。

最初、『生と死の妙薬』という奇妙な題で紹介されたその本は、やがて『沈黙の春』として大ブームをまきおこした。著者であるカーソンは、日本語訳が刊行される直前に亡くなっている。

私たちはいま、国際政治の荒波の中で、根源的な問題についての関心を忘れてしまっているかのようだ。テロ、核の拡散、そして新たな戦争への不安、経済的な破局の予感、などなど、目先の問題に振り回されて、地球全体への視点を見失っているといっていい。

環境問題は、すでに過去のブームのようにさえ感じられている。

地球やそこに棲《す》む無数の生物への暴力は、いま人間に対してだけの問題のように取り扱われているのだ。環境問題は古い流行となった観があり、人間同士の争いだけに注目が集まっているというのが現実だろう。

しかし、人間は人間同士で争うと同時に、自然に対しても武器と暴力をふるい続けてきた。パワーポリティクスに心を奪われている間に、地球は確実にその生命をむしばまれ続けている。銃や爆弾だけが武器ではない。ミサイルの撃ち合いだけが戦争ではない。

私たち人間は、自然に対して一方的な暴力をふるい続けてきた。そのツケは必ず返ってくるだろう。

# もういいだろ。馬が飽きてる

厩舎《きゅうしゃ》の某氏

## 笑えば寿命が百年のびる

茫茫《ぼうぼう》六十年、いろんな人と無数の対談をやってきた。ヘビー級の世界チャンピオンだった人もいるし、ストリッパーもいる。哲学者もいれば、演歌の女王もいた。外国人もいれば、十代の高校生もいた。

そんななかで、いま読み返しても抜群に面白いのが、四十数年前の若き日の篠山紀信《しのやまきしん》さんとの対談である。お互い若くて生意気盛りであるから、打打《ちょうちょう》発止《はっし》どころではない。口でする格闘技みたいな数時間だった。

そのなかで出たのが、人気絶頂の競走馬を撮りにいった時のエピソードである。

(篠山)『少年マガジン』の表紙撮りに行ったんですよ。厩舎に行ったら騎手さんが「あ、いま調教終わったところ、惜しかったなあ」って言う。馬はそこにいるんですからね。撮らして下さいよって頼んでやっとOKが出たわけ。ところが「ストロボ、ストロボッ」ってぼくがどなると「あ、ストロボは駄目、競馬近いから駄目」でしょ。「だってカラーですから」「大丈夫。カラーだって平気だよ、おれだってうつせるよ(笑)」そのうち、あんたどこの人って言うから雑誌みせてね、「どこにのるの?」「表紙。カラーでばっちり」なんて言ったらようやく馬出してくれちゃった。……それがね、シャッター二、三枚切ったら言うの。「もういいだろ。馬が飽きてる」って。

いま読んでも思わず笑ってしまう。下手な落語よりよほど面白い。百薬の長だ。

# 鏡花の文体にはグロテスクな魅力がある

花田清輝

## 泉鏡花は四頭身か

私が大学生だったのは、一九五〇年代の前半だった。仲間のあいだでは埴谷雄高《はにやゆたか》や花田清輝がよく読まれていた。私も花田の『復興期の精神』などを愛読した一人である。しかし当時は彼をアバンギャルドの思想家と思いこんでいたので、泉鏡花などに言及していようとは意外だった。たぶん「マリリン・モンロー論」などに目がくらんでいたのだろう。花田がこの意見を述べたのは、一九五五年の『文學界』にのせた文章においてである。

〈（前略）八頭身の文体よりも、四頭身や三頭身の文体のほうに——里見弴《とん》や泉鏡花のようなチンチクリンの文体のほうに、ヨリ心をひかれているようにも思われないこともない（後略）〉

これは川端康成の『新文章讀本』について触れた文章の一部だが、四頭身の文体とは恐れ入った表現だ。彼は続けて言う。

〈たしかに鏡花の文体などには、ホセ・ファーラー扮するところのトゥールーズ・ロートレックを連想させる〉

そして円朝の文章を引用して、その種の文体を受けついだとして、徳川夢声、橘《たちばなそとお》外男、谷譲次などの名前を挙げている。円朝とビュフォン、谷譲次とヴァレリイをゴチャ混ぜにして論を進めていくスタイルに、当時の文学青年が熱をあげたのも無理からぬことだろう。

あらためて今、鏡花を読みなおして四頭身の文体というものの面白さに堪能するコロナの季節である。

# 日本の中間層が貧しくなり貧しい人への優しさを失ってきている

井手英策《いでえいさく》

## おもてなしの国の現実

日本人は優しい民族である、と一般的には思われている。いや、そう思われていると自分勝手に考えている。

しかし、本当にそうだろうか。親鸞仏教センターでの講演の中で、経済学者である井手英策さんは、ＯＥＣＤの統計資料を引きながら次のように語っている。

〈（前略）日本の中間層が貧しくなり、自分に余裕がなくなってきて、貧しい人に対しての優しさを失ってきている（後略）〉と。

なるほど、〈社会的弱者への無関心を映し出す財政〉というグラフを見ると、愕然《がくぜん》とせざるをえない。所得格差を是正するための給付に関して、二十二ヵ国中の下から二番目が日本で、税による是正効果への関心度は、最下位となっている。

要するに無関心度がとびぬけて高いということだ。それとも政府や国を信用していないということか。

私たちはアジア諸国の中でも、日本は格別に優しい国だと勝手に思いこんでいる。優雅な伝統芸能や繊細な心づかいなど、おもてなしの文化が根づいた国だと感じている。

それは事実だろうが、文化遺産として大切にされているもののほとんどが、富の偏在と権力の集中によって造られたものであることにも無関心であり、弱者にきびしい社会であるとも思ってはいないようだ。

これからこの傾向は、さらに強まっていくにちがいない。その先に何が待っているのだろうか。

## 青天の霹靂《へきれき》

陸游《りくゆう》

### 遠雷《えんらい》の音がきこえる

「きのうデパ地下へいってきた。すごい混みようだったね」

「デパ地下がいちばん危ないって言うじゃないか。大丈夫かい」

「ノープロブレム。モデルナを二回やって三週間たってるんだから」と相手は得意顔。

「そのモデルナが問題だ。なんでも異物が混入してたとかで、接種中止になってるところもあるとか」

「えっ！　本当かい」

愕然とする顔を見てほくそ笑むのも、フラストレーション解消の一助である。

霹靂という字は、辞書をたしかめないと書けない漢字の一つだろう。ミゾレかアラレのことかと思っていたら、雷が鳴ることを言うらしい。青天はピーカンの空。いちど「晴天」と書いて校閲に直されたことがあった。「青天白日」の青天だ。

予想もしていなかった事態に愕然とすることをいう。

本来は、病にふせっていた詩人が、突然おきあがって一篇の文を電光石火の勢いで書きあげ、それを見て驚嘆した陸游が「青天、霹靂を飛ばす」と形容したという故事にもとづく。

このところ、「青天の霹靂」がたてつづけに起きている。なんでもありの日々だ。予測不能の時代に慣れてしまうと、ノーマルな日常がかえって不気味な気がする。さて、次の霹靂は一体なんだろうか。

# わたしはそもそも浄土宗ですから

黒川紀《き》章《しょう》

## 建てては壊し、壊しては建て

現代の前衛建築家のイメージのある故・黒川紀章さんと対談をしたときに、ふと何気なく黒川さんがもらしたこの言葉が、私には強く記憶に残った。

最近、すぐれた現代建築家の仕事が、つぎつぎと取り壊されていくのを目にしていると、この国の歴史に対する考え方が、独特のものなのだな、と感じるようになった。五百年とまではいかなくとも、せめて百年か二百年くらいは残しておく余裕はないものだろうか。

新しい建築物は古い建物との対比によって新しさを宣言するのだ。スタンダードあっての前衛なので、街中がガラスと軽金属とプラスチックのビルだらけになってしまうと何の驚きも刺激もない。

「明治百年というけど、これはもしかすると日本の長い歴史の中で一番まずかった百年ではないかという恐怖感にとらわれたりしてるのです」

と、黒川さんは言った。

「建築にしても文学にしても、ある意味で世界的なレベルになったというふうにみんな思っているわけですけど、ほんとかな、という感じを受けることがあります」

いかにも現代的でスマートな印象の黒川さんが、どこか沈鬱《ちんうつ》なおももちで語る言葉に、思いがけないリアリティーが感じられたものだった。

それにしても最近、乱立する現代ビルの味気なさはどういうことだろう。

# 寝るより楽はなかりけり

ことわざ

## 浮世のバカが起きて働く

私が父親のことを思い出すとき、すぐに頭に浮かぶのはこの言葉である。父は九州山地の奥まった山村に生まれた。当時の農村の次、三男は、それぞれに自立する道を探さなければならない。

当時のことだから軍人か、下級官吏か、都会で労働者で働くかしか道はない。多少、勉強ができた父は、給費生として師範学校に入った。卒業後、義務として一定期間、教育界で働くことが条件である。

　まず県下の小学校の教員として勤務した。聞いたところでは、初任給が五十一円だったという。数年、勤めたところで同僚の女教師と結婚し、私が生まれる。当時は出世ということが道徳だったので、さまざまな試験にチャレンジしたが、あまりうまくはいかなかったらしい。地方の師範学校を出ただけの資格では、どれほど頑張っても先は知れている。上のポストは高等師範か帝大出身者が占めることになっていたのだ。

　それでも彼は眠る時間も惜しんで検定試験に挑み、最後はなんとか師範学校の教員にまでたどりついた。爪で階段をよじ登るような半生だった。戦後、引き揚げてきて早く死んだ。そんな父が、毎晩、一本のビールに酔って、ちゃぶ台の下に寝転がる。その時のセリフが「寝るより楽はなかりけり。浮世のバカが起きて働く」という呪文のようなセリフだった。最近、なんとなくその言葉を思い出すことがある。

## ことわざは言葉遣いの灯《あか》り
アラブのことわざ

### 取り扱い注意の劇薬

仏陀《ブッダ》も、イエスも、じつに多くのことわざを駆使している。たとえ話とか、ことわざなどはコミュニケーションの最大の武器であり、言葉の迷路を照らす灯りなのだ。抽象的、観念的な表現は、学者同士の会話では成立しても、普通の人びとにはなかなか通じない。そこにことわざや、たとえ話が出てくると、思考が体験化されて実感や共感が生まれる。

しかし、それにも陥し穴があって、手垢《てあか》のついたことわざやたとえ話は人に軽く見られるおそれがないでもない。政治家や商売人は、しばしばその陥し穴におちいりがちだ。匙《さじ》加減がむずかしいのは、ことわざやたとえ話の使い方である。ポピュリストといわれる人びとの多くは、しばしばその点で失敗することが多い。

しかし、実績の裏づけのある人が、うまくことわざを使ったときの効果は、おそるべきものがある。ナポレオンやチャーチルなども、ことわざ遣いの名人だった。

お寺さんの説法では、定番のことわざやたとえ話が要所要所に挟《はさ》まれるが、これは中世からの伝統で、そのなかから日本の伝統芸能の多くは生みだされた。

歌舞伎や落語の題名などをことわざの代わりに使う機知もかつてはあった。ことわざやたとえ話が世の中を変えた例はいくつもある。

ある意味で劇薬のようなもの、というべきか。効果絶大だが取り扱い注意ということだ。

# 他力と自力の二道は、同じ山を右と左から登るのと同じ

柳　宗悦《むねよし》

## 自《じ》他《た》一《いち》如《によ》の世界へ

最近、「他力の資本主義」などという言葉を耳にするようになった。

また、「他力」か、「自力」か、などという議論も行われているらしい。

そこで仏教を少し囓《かじ》った人が「自他一如」などと言いだしても、混乱するばかりである。

柳宗悦は、途中の景色はちがうが、登り切った山頂からの眺めは一つだ、と言う。故・石原慎太郎さんは、徹底した自力主義者だった。私と対談したときに、「やはり自力でしょう」と言い続けて後へは引かなかった。しかし石原さんの論拠も、大きな立場から考えれば、他力のみちびきとも言えるのではないか、というのが私の立場だった。

いま古風な「他力」などという言葉が、経済の世界でとりあげられるのも、時代の流れというものだろう。

グリードな資本主義への反省が、「他」への視線を必要としたのかもしれない。市場原理に神の視点を配するとき、すでにそこに他力の思想が働いているという見方もできそうだ。

いずれにせよ、トランプ大統領に代表されるような自力の思想が、いま世界をリードしていて、他力を論ずる声は戸惑う気配がある。

世界は再び「自力」オンリーの道を歩むのだろうか。反対側から山を登る道は、とざされているのだろうか。

「自他一如」といっても、その過程は、必ずしも同じ道ではないのである。

初出　『サンデー毎日』連載「ボケない名言」（二〇一五年五月～二〇二五年二月）

五木寛之 いつき・ひろゆき

一九三二（昭和七）年九月福岡県生まれ。幼少期を朝鮮半島で過ごし四七年平壌より引き揚げ。五二年早稲田大学入学。五七年中退後、編集者、作詞家、ルポライター等を経て、六六年『さらばモスクワ愚連隊』で第六回小説現代新人賞、六七年『蒼ざめた馬を見よ』で第五十六回直木賞、七六年『青春の門』筑豊編ほかで第十回吉川英治文学賞、二〇〇二年、第五十回菊池寛賞、一〇年『親鸞』で第六十四回毎日出版文化賞特別賞受賞。『大河の一滴』『他力』『林住期』『旅立つあなたへ』『私の親鸞』『一期一会の人びと』『捨てない生きかた』『折れない言葉』『折れない言葉Ⅱ』『錆びない生き方』など著書多数。

装丁　黒岩二三［Fomalhaut］

よりそう言葉《ことば》

印　刷　二〇二五年三月二〇日
発　行　二〇二五年四月　五日

著　者　五木《いつき》寛之《ひろゆき》
発行人　山本修司
発行所　毎日新聞出版
〒一〇二-〇〇七四
東京都千代田区九段南一-六-一七　千代田会館五階
営業本部　〇三-六二六五-六九四一
図書編集部　〇三-六二六五-六七四五

印　刷　精文堂印刷
製　本　大口製本


ISBN978-4-620-32833-1